AF177333

Jürgen Vogel, geboren 1967 in Merzig, wuchs unter anderem in Spanien, Australien und Südostasien auf. Als aufmerksamer und sensibler Beobachter sammelte er im Laufe der Jahre zahlreiche Geschichten und Erfahrungen, die er heute mit seinen Lesern teilen möchte. Seit den 90er-Jahren lebt und arbeitet der Autor im Rheinland.

Jürgen Vogel

Bittersüße Wahrheiten

Roman

© 2017 Jürgen Vogel

Umschlag: Jürgen Vogel

Verlag: tradition GmbH, Hamburg

ISBN Paperback: 978-3-7439-1639-5
(auch als E-Book erhältlich)

www.derandereich.de

Printed in Germany

 tradition®

< 1 >

Es überraschte mich sehr, dass es ausgerechnet Cassius gewesen war, der angerufen hatte. Ziemlich verschüchtert gestand er mir, dass er sich bereits am Flughafen befinde und mich unbedingt besuchen wolle. Er fragte mich, wie er mit öffentlichen Verkehrsmitteln zu mir finden könne, und ob es mir überhaupt recht sei, dass er so unvermittelt vorbeikomme.

Ich spürte, dass ich ihm eine Last abnahm, als ich entgegnete, dass er willkommen sei. Gleichsam konnte ich wahrnehmen, wie sich seine Stimmung aufhellte, als ich ihm sagte, dass ich ihn abholen würde und er auch nicht allzu lange auf mich warten müsse. Schließlich wohnte ich unweit vom Flughafen entfernt.

Mit aufgrund meiner Reaktion gewonnenem Selbstbewusstsein schoss er enthusiastisch nach:

»David, ich muss dich wirklich ganz dringend sehen. Ich habe Neuigkeiten herausgefunden, die du kaum glauben wirst.«

Ich gab dem jungen Mann Anweisungen, wo er sich hinbegeben sollte, und informierte ihn darüber, wie lange ich in etwa brauchen würde. Tatsächlich war ich inzwischen etwas aufgeregt, denn es schien mir sehr ungewöhnlich, dass Cassius einfach so vorbeikommen wollte, und dies zuvor in keiner Weise angekündigt hatte. Auch sein Hinweis darauf, dass er schwer zu glaubende Neuigkeiten besäße und mich daher besuchen »müsse«, schürte meine Neugierde.

Ich hatte die Familie von Cassius und ihn selbst ein Jahr zuvor in Barcelona kennengelernt. Cassius' Vater Philippe war bereits etwa ein weiteres Jahr vorher durch ein Verbrechen gestorben. Es war dessen Frau Silvia, der ich als erstes Mitglied der Familie Roanne begegnet war. Vermutlich wäre das auch nie passiert, wenn Silvia in mir nicht einen nahezu identischen Doppelgänger ihres verstorbenen Mannes erkannt hätte. Und tatsächlich, Philippe und ich glichen uns nicht nur äußerlich in jeder Weise, bis hin zu einem kleinen Muttermal auf der Wange. Selbst in Gestik, Mimik und der Tonlage beim Sprechen schienen wir keine Unterschiede aufzuweisen. Zahlreiche Videos, die mir Silvia gezeigt hatte, bestätigten mir das nicht nur, sondern sie faszinierten mich derart, dass ich stets verbissen nach Ungleichheiten suchte, obwohl man doch sonst eher Gemeinsamkeiten zu anderen finden möchte. Um es kurz zu machen, meist blieb jede noch so akribische Suche in Hinblick auf offensichtliche Verschiedenheiten von Philippe zu mir erfolglos.

Das Kennenlernen von Silvias und Philippes Kindern verlief anfangs nicht sehr erfolgreich. Die Tochter, Aemilia, schien sich in keiner Weise mit meiner Existenz anfreunden zu können. Vermutlich hatte sie sogar die

Befürchtung, dass ihre Mutter ein Verhältnis mit mir eingehen könnte und ich dann in die Rolle ihres verstorbenen Vaters schlüpfen würde. Cassius ließ sich zunächst von der Angst seiner älteren Schwester anstecken, obwohl ich unmittelbar auch eine gehörige Portion Neugierde auf mich in ihm wahrnehmen konnte.

Da Philippe mein äußerliches Ebenbild gewesen war, bestand gleichermaßen eine große Ähnlichkeit der Kinder zu mir. Ich selbst hatte keine Kinder, weshalb es eine ganz besondere Erfahrung für mich gewesen war, Kinder, wenngleich eher junge Erwachsene, erleben zu dürfen, die mir glichen, wie es vermutlich hätte sein können, wenn es meine eigenen gewesen wären. Während Cassius und ich einmal gemeinsam im Parc de la Cituadella laufen waren, vertieften sich die derartig von mir geführten Gedanken. Ich fragte mich damals, wie mein Leben verlaufen wäre, wenn ich selbst Kinder gehabt hätte. Durchaus hätten diese dann auch im Alter von Aemilia und Cassius sein können. Dass sie jenen ähnlich gesehen hätten, war gewiss sogar anzunehmen. Obwohl ich feststellte, dass die beiden mir wie keine zweiten einen derartigen Einblick gewährten, erkannte ich doch realistisch, dass es Ähnlichkeiten von ihnen zu Philippe und nicht zu mir waren.

Cassius stand bereits dort, wo ich ihn hingebeten hatte. Ich hielt an und stieg aus, um ihm mit dem Gepäck behilflich zu sein, obwohl dieses lediglich aus einer größeren Reisetasche und einer weiteren, wesentlich kleineren Umhängetasche, wie ich sie selbst oft gerne mit mir trage, bestand. Es blieb auch noch Zeit für eine kurze Umarmung und eine herzliche Begrüßung. Den üblichen Small Talk hielten wir aber erst, als wir bereits im Wagen saßen und uns zu mir nach Hause begaben.

Bei mir angekommen, konnte ich wahre Begeisterung für mein Zuhause bei ihm ausmachen. Ich wohnte in einem historischen Anwesen aus dem 15. Jahrhundert, wobei ich mir dieses jedoch mit zahlreichen Nachbarn teilte. Cassius schwärmte von den gewaltigen Schlossmauern, die das Gelände umgaben. Auf dem Privatweg, der das Areal durchquerte, steuerten wir eines der Nebengebäude an, welches mein Zuhause beherbergte.

»Weißt du, Cassius, ich halte mich hier hauptsächlich auf, um meiner Arbeit nachzugehen. Es ist hier wunderbar ruhig, obwohl die Erreichbarkeit so hervorragend gewährleistet ist.«

»Du hast bisher noch gar nicht erwähnt, dass du auf einem Schloss wohnst.«

»Es ist ja auch nur ein winziger Teil des Ganzen, den ich hier mein Eigen nennen kann. Du wirst es gleich zu sehen bekommen.«

Und so war es schließlich auch. Äußerlich war die gesamte Schlossanlage in einem denkmalgeschützten historischen Zustand wiederaufgebaut worden. Innen jedoch hatten zweckmäßige Wohnungen Einzug gehalten. Lediglich die Fenster, die sehr dicken Gebäudemauern und natürlich der Blick auf die anderen Bauten des Areals erinnerten im Inneren einer jeweiligen Wohnung daran, dass man sich in einem recht außergewöhnlichen Gebäude befand.

Zunächst führte ich Cassius kurz durch meine Zuflucht, wies ihm seinen Schlafplatz auf dem Sofa im Wohnbereich zu und bot ihm schließlich auch etwas zu trinken an.

Als wir es uns mit einem Kaffee in der Küche ein wenig gemütlich gemacht hatten, drängte ich ihn, doch endlich mit seinen wichtigen Neuigkeiten herauszurücken. Er tat daraufhin zunächst so, als wollte er sich noch etwas Zeit lassen. In seinem jugendlichen Eifer gelang es ihm aber nicht, mich sehr lange auf die Folter zu spannen.

»David, du wirst es kaum glauben; ich wollte es auch selbst zuerst nicht wirklich glauben; meine Großeltern sind auf keinen Fall mit mir verwandt.«

Nachdem ich ihn eingehend danach fragte, was er damit genau meinte und wie er darauf käme, fuhr er aufgeregt fort:

»Ich habe über unser Labor bei Paris Vergleiche von Genanalysen vornehmen lassen – natürlich, ohne anzugeben, von wem diese stammen. Jetzt wirst du kaum glauben, was dabei herausgekommen ist. Das eindeutige Ergebnis hieraus besteht darin, dass keinerlei Verwandtschaft von meinen Großeltern zu mir existiert; von keinem der beiden aus. Kannst du dir das vorstellen? Weißt du, was das bedeutet?«

»Nun«, entgegnete ich, »das würde dann bedeuten, dass es sich entweder bei dir oder bei deinem Vater um einen Adoptionsfall handeln müsste. Alleine in Anbetracht deiner Ähnlichkeit zu Philippe tippe ich mal ganz deutlich auf Letzteres.«

»Genau, davon gehe ich ebenfalls aus. Verstehst du denn, was das außerdem bedeutet?«, fragte er mich.

Als ich nicht direkt antwortete, wenngleich ich jedoch bereits verstanden hatte, worauf er hinauswollte, rief er aufgeregt, wobei sich seine Stimme beinahe überschlug:

»Demnach könntest du doch mit meinem Vater verwandt sein, und wenn ich dich so ansehe, fällt mir da nur ein Verwandtschaftsgrad ein. Ich glaube, dass ihr Zwillinge gewesen seid.«

Nun machte er mich wirklich sprachlos. Mit diesem ausgesprochenen Wort »Zwillinge« konnte und wollte ich zunächst gar nichts anfangen.

Währenddessen schilderte mir Cassius, wie er sich die Sache ursprünglich ausgedacht und schließlich bewerkstelligt hatte. Nachdem er von Silvia erfahren hatte, wie merkwürdig seine Großeltern sich mir gegenüber verhalten hatten, als sich mir etwa ein halbes Jahr zuvor die Gelegenheit geboten hatte, sie in Paris kennenzulernen, war ihm die Idee gekommen. Es schien ihm, dass diese etwas verbergen wollten. Hinzu kamen die Erwähnungen, dass meine Eltern mir viel ähnlicher sahen, als die von Philippe es ihm oder auch mir gegenüber taten. Der Junge hatte schließlich den Entschluss gefasst, zur Genanalyse verwertbares Material seiner Großeltern einzusammeln und mit seinem eigenen zu vergleichen. Das Pharmaunternehmen, welches der Familie Roanne gehörte, besaß Labors, in denen solche Untersuchungen problemlos möglich waren. Einem Mitglied der Familie stellte man zudem nicht viele Fragen, wenn es hier ein wenig herumexperimentieren wollte. Ganz im

Gegenteil, man ließ ihm eher Hilfe zuteilwerden; so war es auch im Fall von Cassius. Als Material für die Untersuchung dienten ihm einige Zigarrenstummel seines Großvaters sowie Haare seiner Großmutter, die es ihm unter einem Vorwand gelang frisch vom Haupthaar, einschließlich der benötigten Haarwurzeln, zu erlangen. Er gab zudem an, die Tests wiederholt zu haben, um Fehler ausschließen zu können; außerdem, dass der ihm in der Sache behilfliche Laborant in Genanalysen sehr bewandert war. Schließlich bekniete er mich regelrecht mit den Worten:

»Bitte, David, lass uns einen Vaterschaftstest durchführen.«

< 2 >

Nachdem Cassius mir seine ungeheuerlichen Entdeckungen mitgeteilt hatte, fiel es mir schwer, einfach weiterzuarbeiten. Ich musste jedoch noch ein simples Arbeitsprojekt fertigstellen und einen kurzen Bericht dazu verfassen.

In dieser Zeit erkundete Cassius das Schlossgelände, die daran anschließende Siedlung und schließlich den Ort, in dem ich wohnte.

Danach nahm ich mir wieder Zeit für ihn und bereitete uns eine Quiche für das Abendessen vor – ich kochte gerne und meistens entspannte es mich. Während des Kochens wollte ich natürlich mehr von dem Jungen erfahren. Unter anderem, ob seine Mutter denn überhaupt wüsste, dass er hier war. Auf diese Frage hin wurde er äußerst verlegen und meinte, dass er direkt aus Paris hierhergekommen sei und Silvia vermutlich davon ausgehe, dass er noch immer dort, also bei seinen Großeltern, sein müsse.

»David, könntest du bitte meine Mutter anrufen und ihr alles erklären.«

»Heißt das«, fragte ich ihn, »dass ich der Erste bin, der von deinen Tests und den Ergebnissen erfahren hat?«

»Ja, mit meinen Großeltern hätte ich wohl schlecht darüber reden können, und da noch das Rätsel um dich aussteht, dachte ich mir, dass es das Beste wäre, wenn ich direkt zu dir komme. Ich habe übrigens bereits einen Termin für übermorgen für uns ausgemacht. Wusstest du, dass man den Test an der Universitätsklinik in Köln durchführen lassen kann?«

Inzwischen schlich sich ein dunkles Rot in sein Gesicht, wie es das häufig tat, wenn er unsicher respektive verlegen wurde.

Kaum ernsthaft verärgert, aber um ihn spielerisch noch ein wenig mehr zu verunsichern, blickte ich ihn zunächst nur stumm und vermeintlich etwas säuerlich an. Ich hielt das für gerecht, zumal er bislang seine Vorgehensweise überhaupt nicht mit mir abgestimmt hatte. Schließlich aber erließ ich ihm weitere Qualen und meinte:

»Nein, das hätte ich nicht vermutet. Die Idee gefällt mir aber, scheint mir das doch eine seriöse Adresse zu sein.«

»Danke, David, der Termin ist um elf Uhr. Wirst du da können?«

»Das kriegen wir schon irgendwie hin«, versicherte ich ihm. »Ich schaffe mir die nötige Zeit dafür. Ohnehin will ich versuchen, ein paar Dinge zu verschieben, um mir etwas Freizeit für dich nehmen zu können. Jetzt rufen wir aber erst einmal deine Mutter an. Dann schauen wir, wie es uns möglich sein wird, die nächsten Tage zu gestalten.«

Ich bat ihn als Erstes, mit Silvia zu sprechen, versprach ihm aber zugleich, das Gespräch dann zu übernehmen, um die Situation zu klären.

Nach dem Telefonat mit Silvia machten wir uns über das Abendessen her. Cassius lobte meine Quiche in den

Himmel, und tatsächlich, sie war mir diesmal besonders gut gelungen. Wir tranken Rotwein dazu; einen fantastischen Margaux, den der Junge aus den Beständen seines Großvaters als Geschenk für mich mitgebracht hatte. Da Cassius inzwischen achtzehn geworden war und ohnehin auch zuvor bereits Wein und Bier getrunken hatte, hatte ich kein schlechtes Gewissen dabei. Der Junge erzählte den ganzen Abend lang, und es gefiel mir, ihm zuzuhören. Oftmals erinnerte er mich an mich selbst, als ich noch ein ganz junger Mann gewesen war. Da er mir so sehr glich, fiel mir das auch nicht besonders schwer. Wie es schon bei seinem Vater der Fall gewesen war, ähnelte auch sein Habitus dem meinen.

Irgendwann wurde es schließlich doch Zeit, den erforderlichen Schlaf anzutreten. Ich überließ ihm zunächst das Bad, während ich seine Bettschaft auf dem Sofa herrichtete. Als ich später dann selbst aus dem Bad gekommen war, schaute ich noch einmal kurz bei ihm vorbei. Ich wollte ihm eine gute Nacht wünschen; da schlief er aber schon tief und fest. Sicherlich war es ein anstrengender und aufregender Tag für den Jungen gewesen. Es freute mich sehr, dass Cassius so viel Vertrauen zu mir gefunden hatte. Als ich dann im Wandspiegel meines Schlafzimmers das zufriedene Lächeln erkannte, das meine Lippen umspielte, überkam mich ein wohliges Behagen. Schließlich überraschte auch mich der Schlaf in unerwarteter Eile, obwohl es doch so vieles gegeben hätte, das zu bedenken gewesen wäre.

< 3 >

Eigentlich war mir bereits nach Kaffee zumute, ich griff jedoch zunächst zum Telefon und rief Silvia an. Ich war mir nicht ganz sicher, ob es vielleicht noch ein wenig zu früh war. Offensichtlich aber hatte ich Glück. Silvia erweckte einen hellwachen Eindruck und schien regelrecht auf meinen Anruf gewartet zu haben. Ich schilderte ihr kurz den Verlauf des Abends und vergaß dabei nicht, die Verdächtigungen von Cassius zu erwähnen. Dass er davon ausgegangen war, dass Philippe und ich Zwillinge gewesen wären und Philippes Eltern ihn entsprechend adoptiert haben müssten. Auch wenn er mit der Adoption offensichtlich richtig lag, da nun einmal die Gentests hieran keinen Zweifel ließen, schien mir der Gedanke, dass Philippe mein Zwillingsbruder gewesen sein sollte, nach wie vor absurd. Wie hätte es denn dazu kommen können? Schließlich müssten meine Eltern das gewusst haben. Warum sollten sie eine Tatsache von derartigem Belang vor mir geheim halten? Die Spekulation als mögliche Gegebenheit annehmend, wurde zudem zwangsläufig der Eindruck erweckt, dass sie Philippe verkauft haben müssten. Diese Mutmaßung schien mir völlig abwegig. Ich kannte doch meine Eltern. Es war einfach unmöglich, dass sie Derartiges ein Leben lang vor mir hätten verbergen können und wollen.

Silvia hörte mir aufmerksam zu, als ich ihr von den Vermutungen ihres Sohnes und meinen diesbezüglichen Gedanken erzählte. Ich erwähnte auch, dass Cassius bereits einen Termin vereinbart hatte, bei dem die

Verwandtschaft zwischen ihm und mir festgestellt werden sollte. Sofern er mit seinem Verdacht richtigliegen sollte, müsste das Ergebnis derart ausfallen, dass ich als sein Vater infrage käme. Auch wenn ich von dieser Vorstellung noch immer großen Abstand nahm, malte ich mir in Gedanken aus, wie ich meine Eltern mit einer solchen Tatsache konfrontieren würde.

Ich berichtete Silvia zugleich davon, welches Vertrauen ihr Sohn meiner Meinung nach inzwischen zu mir entwickelt hatte. Sie jedoch schien hiervon nicht sonderlich überrascht, sondern meinte nur:

»Ich kann sehr gut nachvollziehen, warum Cassius sich dir gerne anvertraut und dir Dinge zuträgt, die man eigentlich eher für sich behält oder vielleicht mit einem Priester teilt. Weißt du, David, es ist ein wunderbares Gefühl, sich angenommen und verstanden zu fühlen. Hierfür Voraussetzung ist aber, dass dein Gegenüber dich auch offensichtlich wahrnimmt. Bei Philippe hatte ich immer das sichere Gefühl, dass er mich auch wirklich ansieht. Diesen außerordentlichen Ausdruck im Blick, wenn du dich jemandem annimmst, hast du übrigens auch. Das ist etwas sehr Schönes, etwas ganz Besonderes. Es erweckt Vertrauen und Zuneigung, woraufhin man sich dann auch gerne dem anderen gegenüber grenzenlos öffnet. David, das ist eine regelrechte Gabe. Ich glaube auch nicht, dass man das so einfach erlernen kann. Du besitzt sie, genauso wie Philippe sie besaß. Nutze sie, nur missbrauche sie bitte niemals.«

Es rührte mich sehr, dass Silvia derart über mich

dachte. Wir sprachen noch eine kurze Weile miteinander, bis ich schließlich der Feststellung nachgab, dass es nun gewiss Zeit sei, mich ihres Sohnes anzunehmen.

»Ich habe gesehen, dass du Laufschuhe dabei hast«, sagte ich und fragte Cassius, der mich noch etwas verschlafen, zugleich aber auch lächelnd ansah, »wollen wir erst eine Runde laufen gehen?«

Sein Lächeln verschwand nicht, sondern schien eher sogar ein wenig aufzuleuchten. Zum Sprechen jedoch war es scheinbar noch etwas zu früh. Cassius erwiderte lediglich ganz kurz:

»Okay!«

Als wir nach wenigen Minuten des Laufens an dem kleinen See ankamen, der sich unweit von meiner Wohnung befand, zeigten sich die Lebensgeister des Jungen schnell geweckt. Bei moderatem Lauftempo waren wir in der Lage, ein Gespräch zu führen, bei dem ich Cassius eröffnete, dass es mir sinnvoll schien, für die Dauer seines Aufenthalts zu Marcus zu ziehen. Dieser hatte einerseits viel mehr Platz, zudem lag seine Wohnung mitten in der Stadt. Nachdem er von meinen Plänen erfahren hatte, meinte Cassius erfreut:

»Es ist, ganz aufrichtig, äußerst schön hier, wo du wohnst. Der Gedanke, in die Stadt zu ziehen, scheint mir allerdings sehr reizvoll. Ein paar Freunde von mir waren schon mal in Köln und meinten, dass es eine tolle Stadt wäre. Glaubst du, dass dein Freund auch wirklich damit einverstanden ist?«

»Ganz sicher«, entgegnete ich. »Ich habe Marcus

vorhin bereits eine Nachricht gesandt und er hat geantwortet, dass es überhaupt kein Problem sei. Er hat wirklich viel mehr Platz als ich. Du kannst in seinem Arbeitszimmer wohnen, und es gibt zwei Bäder. Außerdem verbringe ich eh einen Großteil meiner Zeit dort. Hier bin ich eigentlich nur in der Woche, um in Ruhe zu arbeiten.«

< 4 >

Von der Severinsbrücke, über die wir in die Stadt fuhren, bot sich uns ein herrlicher Blick auf das Kölner Rheinufer und natürlich den Dom. Mir war es selbstverständlich nicht neu. Ich denke jedoch, dass Cassius wirklich beeindruckt war, insbesondere sicherlich von der Kathedrale, gewiss aber auch von den links der Brücke ganz aus der Nähe zu sehenden Kranhäusern.

»Wow, die sind echt beeindruckend«, meinte er und gleich darauf, als er wieder auf die rechte Seite blickte, »sieh mal, die spielen da doch Hockey auf dem Dach.«

Leicht angesteckt von seiner Begeisterung entgegnete ich erklärend:

»Das ist das Deutsche Sport und Olympia Museum. Ich glaube, dass es bereits seit 1999 oder 2000 existiert. Eben hast du die sogenannten Kranhäuser gesehen. Die sind viel jünger und liegen auf dem ehemaligen Gebiet eines Rheinhafens. Inzwischen ist hier ein richtiges Stadtviertel neu entstanden. Allzu viel los ist da leider aber immer noch nicht. Das kommt vermutlich irgendwann mit der Zeit.«

Mittlerweile hatten wir bereits den Barbarossaplatz erreicht, als ich rechts auf die Ringstraßen einbog. Mir war ja alles bekannt, so konnte ich Cassius ein wenig dabei beobachten, wie er die neuen Eindrücke aufnahm. Seine scheinbar grenzenlose Neugierde und die Art, mit der er sich Details annahm, erinnerten mich nur allzu sehr an mich selbst. Mein Gott, dachte ich, wie gerne hätte ich Philippe in dieser Situation erlebt.

Nachdem wir bereits die Venloer Straße entlangfuhren, machte ich Cassius darauf aufmerksam, dass wir gleich ankommen würden und dies mithin die unmittelbare Umgebung seines vorübergehenden Zuhauses sei.

Bei Marcus' Wohnung angelangt, öffnete ich zunächst ganz vorsichtig die Tür. Wie ich es geahnt hatte, wurden wir dort bereits erwartet. Direkt hinter der Tür war Don Carlos angetreten, um uns zu begrüßen. Der rotbraune, schon etwas in die Jahre gekommene Kater musste uns gehört haben, als wir uns auf dem Flur der Wohnungstür genähert hatten. Don Carlos lebte erst seit ein paar Monaten bei Marcus. Er war ein Notfall aus einem Tierheim, da er sich dort partout nicht an die anderen vierbeinigen Mitbewohner gewöhnen wollte. Obwohl Marcus und ich uns fest vorgenommen hatten, keine Tiere anzuschaffen, bis mehr als nur genügend Zeit bestünde, sich eines solchen anzunehmen, hatte der Katzensenior in Marcus' Wohnung Einzug gehalten. Es war weder Marcus noch mir möglich gewesen, dem Charme von Don Carlos zu widerstehen.

»Der sieht beinahe so aus wie unser Garfield«, hörte ich von Cassius.

Mir den Kater der Roannes in Gedächtnis rufend, kam ich ebenfalls zu der Schlussfolgerung, dass da eine kaum zu verleugnende Ähnlichkeit bestand. Obwohl Don Carlos noch nicht allzu lange bei Marcus wohnte, hatte er sich inzwischen so sehr eingelebt, dass bereits seine ganze Persönlichkeit zur Geltung kam. Auch die war der des vierbeinigen Mitbewohners der Roannes nicht unähnlich. Beide Kater waren äußerst liebenswerte Charakterköpfe.

Don Carlos hatte offensichtlich schnell Freundschaft mit Cassius geschlossen. Er umstreifte dessen Beine und ließ sich nur zu gerne von dem Jungen liebkosen.

Ich führte Cassius zunächst in das Arbeitszimmer, welches er für die Dauer seines Besuchs beziehen konnte. Don Carlos folgte uns neugierig auf Schritt und Tritt. Nachdem er erst einmal nur seine Sachen abgelegt hatte, zeigte ich dem Jungen den Rest der Wohnung, einschließlich der enormen Dachterrasse, für die Marcus zu Recht Stolz empfinden durfte. Mitten in Köln war dies ein großer Luxus. Dann empfahl ich Cassius, erst einmal das Zimmer in Bezug zu nehmen, wobei ich ihm Bettwäsche und Handtücher zur Hand gab. Inzwischen bereitete ich Kaffee vor und entdeckte dabei ein wenig übrig gebliebenen Kuchen, der noch ganz gut aussah. Beides brachte ich, in Anbetracht des äußerst angenehmen Wetters, raus auf die Terrasse, wo Cassius mich dann auch kurze Zeit später fand. Zum Glück waren die Wespen bislang nicht sehr aktiv, sodass wir den kleinen Imbiss in aller Ruhe genießen konnten. Don Carlos gesellte sich natürlich zu uns. Er hatte bereits Platz auf dem Schoß von Cassius gefunden und ließ sich von diesem ausführlichst kraulen. Ein klein wenig von dem Kuchen durfte er auch probieren.

»Das ist wirklich eine ganz tolle Dachterrasse – so mitten in der Stadt. Wenn ich mich hier umschaue, glaube ich, dass es kaum jemanden gibt, der da irgendwie mithalten kann.«

»Ja, da hatte Marcus in der Tat enormes Glück. Er konnte die Wohnung von einer Freundin übernehmen, die beruflich nach Hamburg ziehen musste. Auch dass es eine Maisonette-Wohnung ist, entsprach ganz seiner Vorstellung. Ein echter Glücksfall.«

»Besonders gefällt mir die Idee mit dem Acrylglasboden im Flur auf der oberen Ebene. Es schafft eine tolle Raumwirkung, dass man den Bereich darunter sieht.«

»Der Meinung ist Don Carlos aber überhaupt nicht. Er hasst das und geht immer ganz am Rand entlang, um dieses Terrain tunlichst zu vermeiden. Und wenn ich ehrlich bin, am Anfang fand ich das auch irgendwie etwas unheimlich.«

Nach unserer kleinen Kaffeepause führte ich Cassius ein wenig durch die nähere Umgebung. Hierbei erledigten wir direkt ein paar Einkäufe. Als wir in Marcus' Wohnung zurückkehrten, musste ich zunächst noch einige Telefonate führen, nicht zuletzt, um mir größeren Freiraum für die nächsten Tage zu schaffen. Danach stellte auch der für den folgenden Tag vorgesehene Termin bei der Universitätsklinik kein Problem mehr dar.

Anschließend setzte ich schon einmal ein Ragout auf nach einem Rezept aus dem Lyonnais. Das war ein einfaches Gericht, es musste halt nur langsam garen, weshalb es insgesamt ein wenig zeitaufwendiger war. Den besonderen Geschmack erhielt es durch Zugabe einer geräucherten Wurst und reichlich Rotwein, vorzugsweise Beaujolais.

Cassius ging mir bei den Vorbereitungen zur Hand, wobei er sich recht geschickt anstellte. Als ich ihn darauf ansprach, sagte er:

»Ach, das tu ich gerne und bin es gewohnt. Ich helfe Gloria hin und wieder oder bin meiner Mutter behilflich, wenn sie mal selbst kochen sollte. Manchmal übernehme ich das Kochen sogar ganz. Ich suche mir dann meistens ein gut klingendes Rezept aus oder bereite etwas so zu, wie ich es auswärts schon einmal gegessen habe.«

»Ich finde es lobenswert«, entgegnete ich, »dass ihr Gloria nicht die ganze Arbeit in der Küche überlasst. Ich mag eure Haushälterin sehr. Du musst ihr unbedingt herzliche Grüße von mir bestellen, wenn du wieder nach Hause fährst.«

»Da freut sie sich ganz bestimmt. Sie erkundigt sich ständig bei Mama nach dir und fragt, wie es dir so geht. Sie fragt auch häufig, wann du denn endlich mal wieder zu Besuch kommst. Vermutlich wird sie das dann zur Gelegenheit nutzen, ein richtiges Festessen aufzutischen. In Glorias Herzen hast du ganz sicher einen festen Platz eingenommen.«

Als das Ragout begann, vor sich hin zu köcheln, begaben wir uns noch einmal auf die Terrasse, natürlich gefolgt von Don Carlos, dem es zuvor auch gelungen war, den ein oder anderen Happen bei der Essenszubereitung abzustauben. Ich machte mir eine gedankliche Notiz, dass er am Abend weniger in seinen Napf bekommen sollte. Schließlich war er nicht mehr der Jüngste und neigte ohnehin etwas dazu, Speck anzusetzen. Das war gewiss auch auf die Kastration zurückzuführen, die er wohl schon im sehr jungen Alter hatte erdulden müssen.

Gerade auf der Terrasse angekommen, schlug das Uhrwerk der ganz nahen Kirche zur Stunde. Die Sonne stand inzwischen tiefer und bescherte der Szenerie ein warmes Licht. Da es zugleich noch immer recht mild gewesen war, war es ein stimmungsvoller Moment. Ich glaubte, dass es Cassius ähnlich empfand, als er anmerkte, dass er schön fände, im Schatten einer Kirche zu wohnen. Ich stimmte dem zu, merkte aber zugleich an, dass es an Feiertagen schon einmal sehr laut würde, wenn andauernd die Glocken dröhnten. Schließlich scherzte ich noch:

»Nicht, dass du denkst, das sei der Kölner Dom. Das ist lediglich Sankt Joseph, und das ist auch gut so. Domblick macht Wohnen in Köln nahezu unbezahlbar. Zudem sind seine Glocken noch um einiges lauter.«

< 5 >

Marcus musterte den Jungen aufmerksam, während der sich über unser zuvor zubereitetes Ragout mit großem Appetit hermachte. Vermutlich hatte ich nicht darüber nachgedacht, dass Cassius es gewohnt war, tagsüber mehr zu essen, als ich es tat. Wir hatten bislang ja lediglich ein Frühstück und die kleine Kuchenmahlzeit hinter uns. Es schien ihm aber auch gut zu schmecken. Immer wieder tunkte er das Weißbrot, welches neben einem großen bunten Salat die Beilage darstellte, in die Soße, bis es sich ganz vollgesogen hatte. Sodann nahm er es in den Mund und schien zunächst daran zu saugen, sodass ich schon befürchtete, dass er dasselbe Stück nochmals zum Tunken verwenden würde. Das tat er dann aber doch nicht, sondern kaute es zufrieden und schlang es schließlich beinahe gierig herunter, meist gefolgt von einem Schluck Wein.

Cassius nahm Marcus ebenfalls immer wieder in Augenschein. Die Neugierde bestand ganz offensichtlich beiderseits. Beide sprachen bislang jedoch kaum miteinander. Jegliche Konversation verlief anfangs über mich, was mich ein wenig amüsierte. So fragte mich Marcus beispielsweise, ob ich Cassius denn schon die Wohnung und die nähere Umgebung gezeigt hätte. Der Junge fragte über mich schließlich sogar, ob Marcus vielleicht später etwas auf dem Flügel für uns spielen könne. Als ich daraufhin auf übertriebene Weise den Vermittler mimte, mussten wir alle lachen und der Bann war gebrochen. Wir kommunizierten von nun an ausschließlich auf Englisch. Cassius fiel das nicht schwer, und mir machte es das Ganze auch etwas leichter. Mein Spanisch war inzwischen ziemlich in die Jahre gekommen.

Ich hatte darauf geachtet, dass Don Carlos tatsächlich weniger zu essen bekam als sonst. Das stellte sich als kluge Überlegung heraus, denn auch beim Abendessen staubte er wieder so einiges vom Tisch ab. Besonders beim Käse, den es zum Nachtisch gab, denn den mochte der Kater mindestens so sehr wie ich.

Nachdem wir gemeinsam den Abwasch erledigt hatten, spielte Marcus uns tatsächlich noch ein paar kleinere Stücke vor. Etwas leicht Anmutendes von Cecile Chaminade und schließlich etwas Aufwühlendes von Ravel.

Wir überstrapazierten dann jedoch nicht länger die Beziehung zu den Nachbarn, sondern begaben uns noch einmal auf die Terrasse, da das Wetter so hervorragend mitspielte. Hier erläuterten wir Marcus schließlich näher, welchem Zweck letztlich Cassius' Besuch diente. Hierbei rückte mir selbst erstmals wieder ins unmittelbare Bewusstsein, dass der Termin für die Probenabgabe zum Verwandtschaftstest bereits für den Folgetag geplant war.

So wurde die Stimmung etwas ernster. Während ich nach wie vor die Möglichkeit einer Verwandtschaft ausschloss und die Vorstellung, dass Philippe mein Zwillingsbruder gewesen sein sollte, schlichtweg verwarf, schien es mir, dass selbst Marcus sich mit Cassius' Theorie durchaus anfreunden konnte. Ich wiederholte den mir berechtigt scheinenden Einwand, dass ja schließlich meine Eltern hätten wissen müssen, wenn es so gewesen wäre. Ich fragte denn auch wieder nach dem Grund, warum sie mir Derartiges hätten verschweigen sollen. Als Cassius hieraufhin scheinbar etwas erwidern wollte, sich offenbar jedoch nicht traute, sondern stattdessen mit hochrotem Kopf verlegen unter sich sah, fragte ich regelrecht gereizt:

»Na, was stellst du dir vor? Wie weit geht deine Vorstellungskraft denn hier?«

Er druckste daraufhin weiter herum und wollte schlichtweg nicht mit der Sprache herausrücken. Das veranlasste Marcus, der scheinbar die Gedanken des Jungen erraten hatte, von sich zu geben:

»Es ist dir unangenehm, da du denkst, dass Davids Eltern seinen Bruder hätten verkauft haben können. Nicht wahr?«

Als Cassius schließlich kaum merklich nickte und sich nicht traute, mich direkt anzusehen, fuhr Marcus fort:

»Wenn dein Vater tatsächlich Davids Zwillingsbruder gewesen ist, hast du vielleicht sogar recht. Es scheint mir auf den ersten Blick ebenfalls der einzig einleuchtende Grund, warum Davids Eltern die Existenz deines Vaters hätten verschweigen sollen.«

Jetzt verschlug es mir gänzlich die Sprache. Natürlich hatte ich hierüber genauso bereits nachgedacht. Es nun aber ausgesprochen zu hören, und mehr noch, es als nahezu alleinige Wahrscheinlichkeit anzusehen, ließen mich mein bisheriges Leben vor dem inneren Auge

Revue passieren. Unzählige Momente, die ich mit meinen Eltern erlebt hatte, durchlebte ich hierbei erneut. Ich erkannte das Glück, welches ich ihnen stets bereitet hatte. Ich versuchte, mir vorzustellen, wie sie hinter meinem Rücken das schreckliche Geheimnis verbargen. Jedoch, es gelang mir einfach nicht.

Als ich mich von diesen Gedanken abwandte und stattdessen Marcus und Cassius im Wechsel ansah, erkannte ich, dass ich die beiden verschreckt hatte. Sie schienen regelrecht besorgt.

»Ihr irrt euch! So kann es einfach nicht sein. Ich hoffe geradezu, dass der Test es beweisen wird. Es darf schlichtweg kein Zweifel offenbleiben.«

< 6 >

Kurz nachdem ich Silvia kennengelernt und von der Existenz von Philippe erfahren hatte, träumte ich häufig von ihm. Es begann zunächst mit Tagträumen, schon bald aber waren es eher Visionen oder auch Erscheinungen des Nachts. Stets konnte ich mich haargenau an die Träume erinnern. Zudem schienen sie mir derart real, dass ich beinahe das Gefühl hatte, Philippe wolle hierdurch Kontakt zu mir aufnehmen.

In einigen dieser Träume erschien mir auch ein Jugendfreund, der, wie ich es jedoch erst Monate später erfahren hatte, ebenfalls bereits verstorben war. Umso mehr empfand ich diese nächtlichen Begebenheiten geradezu als Kontaktaufnahmen aus dem Jenseits. Zwar beunruhigten sie mich nicht, sondern ich mochte sie eher sogar. Ich traute mich jedoch nicht, jemandem davon zu erzählen. Bei Marcus befürchtete ich, dass er sich Sorgen machen würde. Ich dachte, er könnte denken, dass mich die ganze Sache zu sehr mitnehmen würde. Vielleicht hätte er mir sogar den Gang zu einem Psychologen empfohlen. Bei Silvia malte ich mir aus, dass sie glauben könnte, dass Philippe durch mich Kontakt zu ihr aufnehmen wollte. Da mir das aber überhaupt nicht so vorkam, verheimlichte ich die Träume auch vor ihr.

Obwohl sich mir nie ein nachvollziehbarer Sinn erschlossen hatte, warum ich Philippe auf diese Weise begegnete, und erst recht nicht, warum sich zeitweise auch noch mein Jugendfreund Joshua dazugesellte, schien mir das Ganze nicht unsinnig. Ich war der

Meinung, dass Philippe mich darin bestärkte, eine engere Bindung zu seiner Frau und den Kindern aufzubauen. Zugleich war ich der festen Überzeugung, dass es mir half, in der Tatsache unserer unvergleichlichen Ähnlichkeit zueinander etwas Positives zu sehen. Es nahm mir regelrecht jede Angst davor und machte mich mit ihm vertrauter.

Bei den anfänglichen Träumen begegneten mir Philippe und später hinzukommend auch Joshua stets an einem einsamen Strand, den ich aus meiner Kindheit kannte. Hier zeichnete Philippe immer wieder verschiedene Dreiecke in den Sand und erklärte mir deren Unterscheidung. Auch das ergab keinen Sinn. Von Mal zu Mal jedoch wuchs die Intimität zwischen uns. Vermutlich trug hierzu ebenfalls bei, dass wir in diesen Träumen meist als Kinder oder Jugendliche aufeinandertrafen. Am Anfang war das sogar ausschließlich so.

Nun, in jener Nacht war es auch wieder einmal so weit, dass ich den beiden im Traum begegnete. Sie schienen geradezu auf mich zu warten. Es war erneut an eben diesem Strand, der mir durch seine ganz besondere Farbgebung so sehr in Erinnerung geblieben war. Es war kein richtiger Sand, der den Strand ausmachte. Vielmehr bestand er aus klein gemahlenen Korallenkörnchen, die den Küstenstreifen in beinahe unwirklichem, sehr zartem Rosa erstrahlen ließen. Die beiden saßen bereits in jenem Korallensand. Sie waren wie in früheren Träumen Kinder, und als ich an mir herabsah, erkannte ich, dass ich ebenfalls wieder ein etwa zehnjähriger Junge war.

Beide trugen, wie auch ich, lediglich grüne Bermudahosen, die sich extravagant vom Rosa des Korallensands abhoben.

Die Jungen winkten mir zu und riefen meinen Namen. Sie wollten, dass ich mich zu ihnen setzte. Als ich das schließlich tat, bemerkte ich, dass sie bereits ein Dreieck auf den Strandboden gezeichnet hatten. Es war ein gleichseitiges Dreieck, und ich erkannte, dass ein jeder von uns an einer Spitze der geometrischen Form Platz genommen hatte.

Ich schaute die beiden etwas verwundert an und wollte fragen, was es denn bedeuten würde. Philippe und Joshua kamen mir jedoch zuvor. Mit erwartungsvollem Blick sahen sie mich an und fragten unisono:

»David, willst du uns sagen, mit was für einem Dreieck wir es hier zu tun haben?«

Eigentlich wollte ich etwas anderes erwidern. Es gelang mir jedoch lediglich, wie ich es gelernt hatte, zu erklären:

»Es handelt sich um ein gleichseitiges Dreieck. Solche kennzeichnen sich dadurch, dass sie drei gleichlange Seiten besitzen und die gegenüberliegenden Winkel ebenfalls gleich sind.«

Die Jungen lächelten mich daraufhin zufrieden an und ich vernahm noch ein von Joshua geflüstertes »Es ist perfekt!«.

< 7 >

Als ich aufwachte, stellte ich fest, dass es noch sehr früh war. Eigentlich viel zu früh, um aufzustehen. Da ich jedoch keine Ruhe mehr fand, hatte ich beschlossen, mich in die Küche zu begeben und dort einen Kaffee zu mir zu nehmen. Dabei versuchte ich, möglichst wenig Lärm zu verursachen, was mir scheinbar auch gelang, da ich keinerlei Aktivitäten wahrnehmen konnte, die nicht von mir ausgingen.

Während ich darauf wartete, dass das Wasser das Kaffeemehl durchdrang und den oberen Teil meines Espressokochers, jetzt als Kaffee, füllte, wunderte ich mich, dass Don Carlos mir keine Gesellschaft leistete. Als dann auch die Milch erwärmt war und ich beide Flüssigkeiten in meinem Lieblingsbecher gemischt hatte, machte ich mich auf den Weg zur Dachterrasse. Die Morgendämmerung erleuchtete diese bereits ein wenig. Sie ließ auch etwas Licht durch die zur Terrasse führende Schiebetür hereinscheinen, wobei ich feststellte, dass die Tür einen kleinen Spalt offen stand. Als ich näher gelangte, spürte ich zugleich die frische, noch recht kalte Luft, die durch die Öffnung in die Wohnung zog.

Ja, der Sommer neigte sich dem Ende zu. Der Tag jedoch, an dem Cassius und ich uns dem Verwandtschaftstest widmen würden, schien noch einmal ein sehr schöner zu werden. Ich vermutete, dass im Laufe des Tages durchaus noch fünfundzwanzig Grad erreichbar seien.

Sobald ich mich der Tür soweit genähert hatte, dass ich die Terrasse in Augenschein nehmen konnte, lösten sich zugleich zwei Rätsel. Don Carlos hatte den sich bietenden Weg nach draußen genutzt und zeigte wohl deshalb zuvor keine Anwesenheit in der Küche, um mich zu begrüßen. Die Tür wiederum stand offen, da nicht nur Don Carlos den Weg hierhin gefunden hatte. Zu meiner Überraschung traf ich dort Cassius an, der mit einer Kata, vermutlich aus seinem aktuellen Karatetraining, beschäftigt war. Ich erkannte die Übung zwar nicht, wahrscheinlich da Cassius mit seinem Karate bereits viel weiter war, als ich es je geschafft hatte. Ich konnte jedoch gut erkennen, dass der Junge wusste, was er tat. Beim Kampf mit dem imaginären Gegner wirkte er äußerst konzentriert und souverän. Die Bewegungsabläufe verliefen zugleich kraftvoll und geschmeidig.

Als Don Carlos mich bemerkte, und sich mir schließlich mit einem deutlich wahrnehmbaren Miau zuwandte, lenkte das Cassius dann doch ab. Er führte die Kata jedoch noch zu Ende und wandte sich dann, leicht außer Atem, gleichzeitig auch etwas verlegen an mich:

»Guten Morgen, David! Ich konnte nicht mehr schlafen und wollte niemanden wecken. Ich hoffe, es ist dir recht, dass ich Don Carlos nach draußen gelassen habe.«

»Schon gut, das ist kein Problem«, antwortete ich beruhigend, »wir nehmen den Kater auch immer mit auf die Terrasse. Abgesehen davon, dass er bislang noch gar nicht versucht hat, wegzulaufen, ist es hier kaum wirklich gefährlich. Die Dächer, Feuertreppen und Balkone stellen für eine Katze vermutlich eher einen

Abenteuerspielplatz dar. Möchtest du auch einen Kaffee?«

Er schien zu überlegen, grinste mich dann aber an und fragte, statt zu antworten:

»Wie sieht es denn mit dir aus? Bekommst du noch die ein oder andere Kata hin? Hast du vielleicht sogar Lust, ein wenig mit mir zu trainieren?«

Ich dachte kurz darüber nach und erwiderte zögerlich:

»Nun, die Heian Shodan ist mir ins Blut übergegangen. In unserem Dojo ist sie die erste Kata gewesen, die wir geübt haben. War das bei dir auch so? Es ist ja nicht in allen Stilrichtungen gleich.«

»Ja, das war bei uns auch so. Ich bin ebenfalls ein Shotokan-Schüler. Willst du vielleicht einen ersten Durchgang alleine ausführen? Ich kann mir dann eine Vorstellung von deinem Tempo machen. Danach können wir die Kata ein paar Mal gemeinsam üben. Was hältst du davon?«

Aus Richtung der Tür vernahm ich Marcus' ermunternden Applaus, als wir eine letzte Übung beendet hatten und uns schließlich kurz voreinander verneigten.

»Bravo, alter Mann! Du bist ja noch richtig gut in Form. Du hättest dir aber ruhig etwas mehr anziehen können, wenn du schon eine derart öffentliche Darstellung vorführst. Nimm dir hier gerne ein Beispiel an der Jugend.«

Da bemerkte ich erst, dass ich lediglich mit Boxershorts und einem leichten T-Shirt bekleidet war, während Cassius in Sporthose und Sweatshirt eine wesentlich angemessenere Figur abgab.

Ich gestand nicht ein, dass es mir tatsächlich ein wenig unangenehm war, sondern versuchte, möglichst locker von mir zu geben:

»Um die Uhrzeit spielt das wohl kaum eine Rolle. Außerdem ist es noch gar nicht richtig hell.«

Da mir das Überspielen der eigenen Verlegenheit jedoch in keiner Weise gelang, besaß die Situation eine gewisse Komik, sodass wir letztlich alle drei lachten. Da fügte ich übertrieben seufzend hinzu:

»Okay, okay – ich gebe auf! Kommt, lasst uns reingehen und Frühstück zubereiten. Schließlich haben Cassius und ich noch einen wichtigen Termin.«

Die Rechtsmedizin der Kölner Uniklinik lag fußläufig von Marcus' Zuhause entfernt. Wir gingen zunächst an Sankt Joseph vorbei, überquerten dort die geschäftige Venloer Straße, was uns direkt zum Neptunplatz führte, wo wir wiederum am Neptunbad vorbeigingen. Dieses wunderschöne Jugendstilbad wurde glücklicherweise gerettet. Mitte der Neunzigerjahre hatte der Verfall gedroht, da es, wie so allgemein üblich, an den nötigen Geldmitteln mangelte. Man hatte dann aber doch noch einen Investor gefunden, der es zum Anfang unseres Jahrhunderts schließlich als exklusiven Fitnessklub sowie als Sauna- und Bäderlandschaft wiedereröffnete. Ich vergaß nicht, Cassius einen Besuch desselben zu empfehlen, zumal es sich wirklich anbot, da es keine fünf Minuten von seinem vorübergehenden Zuhause entfernt lag.

Wir setzten unseren Weg fort, bis zur Vogelsanger Straße, dort wandten wir uns ganz kurz nach rechts, bis zum Fröbelplatz, den wir über die Fröbelstraße passierten. Dieser konnten wir bis hin zum Melatengürtel folgen, wo sich nach links gewandt nur etwa fünfzig Meter entfernt bereits das Gebäude der Rechtsmedizin befand. Die Strecke nahm kaum fünfzehn Minuten in Anspruch.

Ich war beinahe so überrascht wie Cassius, dass es so schnell ging, hierherzugelangen. Mir war dieses Gebäude noch nie aufgefallen, obwohl es weniger als unscheinbar denn hässlich anzusehen war. Ein wahres Prachtexemplar aus den Sechzigern. Ein Betonbau, der auch noch rundherum mit Waschbetonplatten verziert worden war.

Mit dem Termin, den Cassius für uns vereinbart hatte, ging eine Beratung einher, welche von einer freundlichen Dame in etwa meinem Alter durchgeführt wurde. Diese stellte sich uns als Frau Cornelsen vor. Ich ging davon aus, dass sie Ärztin war und promoviert hatte, was sie jedoch nicht erwähnte. Frau Cornelsen war sehr schlank, rauchte offensichtlich und wirkte entschlusskräftig und kompetent. Souverän führte sie das Beratungsgespräch mit uns. Nur einmal schien sie ein wenig ins Stocken zu geraten. Sie schaute uns beobachtend durch ihre randlose, eckig geformte Brille, die sie gut zu sich passend ausgewählt hatte, an und fragte:

»Sind Sie sicher, dass Sie den Test überhaupt benötigen? Wenn ich mir Sie beide so ansehe, scheint es da eigentlich kaum einen Zweifel zu geben.«

Ich übersetzte die Frage an den Jungen gewandt,

wonach wir uns ganz kurz ansahen, scheinbar dasselbe dachten, einander zulächelten und schließlich, wieder an Frau Cornelsen gerichtet, fest entschlossen unisono bestätigten:

»Ja« respektive »sí!«

Von unserer Amüsiertheit angesteckt, entwickelte sich eine entspannte Atmosphäre, die ich dazu nutzte, darauf aufmerksam zu machen, dass Cassius extra aus Barcelona angereist sei für den Test. Ich spielte hiermit auf die üblicherweise etwa zwei Wochen an, die es galt, auf das Ergebnis zu warten. Scheinbar hatte ich Glück damit, meinen Charme spielen zu lassen. Frau Cornelsen deutete bereits an, dass sie sehen wolle, was sie da machen könne.

Bevor es zur Blutabnahme ging, für die wir uns anstatt der Speichelprobe entschieden hatten, mussten wir nicht nur unsere Personalien verifizieren. Es wurde zudem ein Fingerabdruck gefordert. Die freundliche Ansprechpartnerin führte uns durch das gesamte Prozedere, wobei sie inzwischen selbst zum Englischen gewechselt hatte, damit Cassius sie unmittelbar verstehen konnte. Wir klärten Frau Cornelsen nicht über den wahren Hintergrund unserer Geschichte auf, sodass sie davon ausgehen musste, dass es sich um einen üblichen Vaterschaftstest handelte. Cassius und ich hatten uns diesbezüglich zuvor nicht abgesprochen. Instinktiv scheinbar verhielten wir uns hierbei in gleicher Weise. Vermutlich hätte die Wahrheit so unglaublich geklungen, dass es dem Zweck nicht dienlich gewesen wäre und die von Frau Cornelsen bereits signalisierte

Bereitschaft zur Bemühung um Beschleunigung der Ergebniszustellung vielleicht zum Kippen gebracht hätte. Wenn Cassius' Vermutung bestätigt werden sollte, musste das Ergebnis der Vaterschaftsanalyse ebenso eine Wahrscheinlichkeit von mindestens 99,9 Prozent ergeben, wie es der Fall gewesen wäre, wenn die Vergleichsprobe statt von mir von Philippe gestammt hätte. Obwohl ich noch immer fest davon ausgegangen war, dass es unmöglich wäre, fragte ich mich bereits, wie ich wohl reagieren würde, wenn die vermeintliche Vaterschaft nicht ausgeschlossen werden könnte. Nicht nur, dass dann tatsächlich Philippe mein Zwillingsbruder gewesen wäre. Auf einmal würde ich einen Neffen und eine Nichte haben; zudem Anverwandte; Silvia wäre dann schließlich meine Schwägerin. Am meisten Sorge jedoch bereitete mir, dass ich dann nicht umhinkäme, meine Eltern mit dieser Ungeheuerlichkeit zu konfrontieren. Wie sollte ich dann überhaupt vorgehen? Schließlich müsste ich ihnen vorwerfen, dass sie mich mein ganzes Leben lang belogen hatten. Ich konnte mir nicht einen Grund vorstellen, der so ein Verhalten mir gegenüber gerechtfertigt hätte. Ich hatte unsere Familie stets für aufrecht und offenherzig gehalten, und dachte noch immer so. Auch wenn natürlich ein großer Reiz darin bestand, sowohl mit Philippe wie auch mit seinen Kindern eng verwandt zu sein, hoffte ich inständig, dass das Ergebnis des Tests negativ ausfallen sollte.

< 8 >

Es gelang mir nicht, alle Termine zu verschieben. Gerade befand ich mich im Wagen auf dem Rückweg von einem Kunden zu Marcus' Wohnung. Da dieser ebenfalls arbeiten musste, hatten wir zuvor Cassius mit ausreichend Tipps für mögliche Unternehmungen in Köln versorgt, sodass ihm wohl kaum langweilig werden sollte.

Im Radio, ich hörte während der Fahrt im Auto fast immer Radio, spielten sie gerade »Against All Odds« von Phil Collins. Das ließ mich in meinen Gedanken zurück in meine frühe Jugend gleiten, zu einem beinahe magischen Moment, den ich damals mit meinem Freund Joshua erlebt hatte.

Es war zu der Zeit, als ich mit meinen Eltern auf den Philippinen lebte. Joshua war etwas jünger als ich, dennoch verstanden wir uns beinahe auf Anhieb und wurden schnell zu besten Freunden.

Es war am Ende eines mehrtägigen, abenteuerlichen Ausflugs zu einer Nachbarinsel, den wir mit der Mutter unserer Haushälterin Margarita in ihr dort gelegenes Heimatdorf unternahmen. Mutter und Tochter hatten uns zuvor so viel von diesem weit entlegenen Ort erzählt, dass wir ihn unbedingt kennenlernen wollten. Tatsächlich, wie die recht betagte Frau es uns beschrieben hatte, führte noch nicht einmal eine Straße zu dem kleinen Dorf. Etwa zehn Kilometer zuvor endete diese an einem Fluss, der daraufhin an einer seichten Stelle durchwatet werden musste. Im Ort begegneten wir Kindern, die noch nie zuvor Europäer oder Amerikaner gesehen hatten und beim Anblick unserer blauen Augen erschrocken zu weinen anfingen. Wir fanden hierzu heraus, dass den Kindern oft grausige Geschichten erzählt wurden, wie die vom »schwarzen Mann«. Nur dass hier Geschöpfe mit blauen Augen die schrecklichen Ungetüme waren.

Nachdem es für uns galt, die Rückreise anzutreten, brachte uns unsere Reiseleiterin, die wir inzwischen mehr als nur für ihre Ausdauer und Zähigkeit bewunderten, zurück zu der Stelle am Fluss, wo auch der Bus bereits wartete. Dieser wiederum brachte uns in die Stadt Ormoc, wo die Fähre uns am Abend zurück nach Cebu bringen würde, wo wir beide lebten.

In Ormoc angekommen, blieb uns noch reichlich Zeit, da die Fähre erst am späten Abend ablegen sollte. In der Nähe zum Hafen machten wir ein Kino aus, das kaum den Namen verdiente, da es eigentlich nur aus einer großen Wellblechhütte bestand, in der eine bunt zusammengewürfelte Ansammlung von Plastikstühlen die Sitzreihen darstellte. Erstaunlicherweise aber schien dieses Kino mit aktuellen Filmen versorgt zu werden.

Gerade lief dort eben der Film »Against All Odds«, dessen gleichnamigen Titelsong ich nun, Jahrzehnte später, im Auto hörte.

Nur zu gerne erinnerte ich mich an dieses kleine Abenteuer, das ich mit Joshua erlebt hatte. Zugleich bereute ich jedoch erneut, dass ich keinen Kontakt zu meinem Freund gehalten hatte und nun gar keine Chance mehr darauf bestand, da er nun einmal inzwischen verstorben war.

Ich musste an seine Frau und sein Kind denken, die ich beide nie kennengelernt hatte. Ich musste daran denken, dass Joshua keine Gelegenheit gehabt hatte, Abschied von ihnen zu nehmen, als er verunglückte. Ich musste auch an Joshuas Vater denken, durch den ich letztlich überhaupt erst erfahren hatte, dass Joshua gestorben war. Diesen Mann, einen früh pensionierten Soldaten, hatte ich immer sehr gemocht. Er schien mir stets der Inbegriff eines Amerikaners zu sein. Die Art, wie er redete, mit seinem breiten Akzent und der dazu scheinbar passenden Mundpartie. Die Art, wie er mit größter Hingabe immer wieder Steaks zubereitete, die ihm auch wirklich hervorragend gelangen. Die Art, wie er aufrichtiges Vertrauen darin besaß, dass alles Amerikanische gut und richtig war. Auch diesem Mann war es nicht vergönnt, Abschied von seinem Sohn zu nehmen. Stattdessen musste er diesen überleben – vermutlich das Schlimmste, was Eltern passieren konnte.

Zurück in Marcus' Wohnung angekommen, erwartete mich dort lediglich Don Carlos, der sich aber aufrichtig freute, jetzt Gesellschaft zu erhalten. Ich verfasste noch kurz einen Bericht zu meinem vorangegangenen Auftrag, wobei der Kater es sich auf meinem Schoß bequem machte. Nur widerwillig löste er sich von mir, als ich aufstehen wollte. Offensichtlich aber konnte ich ihn dennoch bereits alleine dadurch zufriedenstellen, dass er mich in diesem Moment mit niemandem teilen musste.

Ich bereitete mir noch einen Kaffee, wobei mir Don Carlos auf Schritt und Tritt in die Küche folgte. Selbst als er dort gar nichts für sich bekam, trottete er mir weiter bereitwillig hinterher. Diesmal auf die Terrasse, wo ich mich mit meinem Kaffee niederließ.

Ich glitt zurück zu den Gedanken an Joshua. Ich fragte mich, ob ich die Träume, die ich erlebte, in der Tat als eine Art von Kontaktaufnahme ansehen konnte. Wenn dem so war, was wollten Joshua und Philippe von mir? Weder war es mir möglich, eine Warnung in dem Geträumten zu erkennen, noch kam es mir so vor, dass die beiden mir irgendwelche Aufgaben zuzuteilen gedachten. Meist schien es mir, dass die Träume eine Art von Zustimmung ausdrückten. Doch wofür? Sollte es sein, dass die beiden mir Kraft schenken wollten für das, was mich in der Zukunft erwarten würde?

Ich beschloss, weiterhin nicht an ein Leben nach dem Tod zu glauben. Es musste so gewesen sein, dass die aufwühlenden Ereignisse des letzten Jahres Auswirkungen auf mein Gemüt ausübten, dass ich Träume von einer Intensität träumte, die dem nahekamen, was man gemeinhin wohl als Erscheinung ansehen würde.

< 9 >

Am Abend entführten wir Cassius in die Altstadt. Zunächst suchten wir den Heinzelmännchenbrunnen auf und natürlich das dahinter gelegene Brauhaus »Früh«. Cassius wunderte sich über die schlanken Gläser und deren geringen Inhalt, in denen das einheimische Bier serviert wurde.

»Ich dachte immer, ihr Deutschen würdet das Bier aus großen Krügen trinken. Diese Gläser sind ja kleiner als die bei uns.«

Cassius' Verwunderung ging weiter, als er eine der Speisekarten las:

»Wie sprecht ihr das aus? Halven Hahn? Und das ist wirklich nur ein Stück Käse mit einem Brötchen?«

Bevor der Junge im nächsten von uns besuchten Brauhaus, dem »Sion«, welches beinahe um die Ecke lag, dazu überging, das Käsebrötchen mit dem irritierenden Namen zu bestellen, überredeten wir ihn zur Auswahl des Sauerbratens. Marcus und ich bestellten ähnlich deftig, nicht zuletzt, um eine vernünftige Grundlage für den noch anstehenden Streifzug an jenem milden Spätsommerabend zu schaffen.

Wir besuchten noch das ein oder andere Lokal oder Brauhaus, klapperten hierbei den Alter Markt, das Tünnes-und-Schäl-Denkmal und den Heumarkt ab. Schließlich, ich denke, wir hatten alle drei genug »Kölsch« getrunken, lenkte ich uns zum Rhein herunter. Auch wenn es in der angenehm lauen Nacht dort noch recht geschäftig zuging, war es im Gegensatz zu den zuvor besuchten Lokalitäten geradezu wohltuend ruhig. Abwechselnd blickten wir auf das Wasser, die Hohenzollernbrücke, auf die Kulisse der Altstadt und selbstverständlich auf den angeleuchteten Dom.

Mit offensichtlich gelockerter Zunge fragte mich Cassius plötzlich:

»Was denkst du, David? Wie wirst du wohl empfinden, wenn sich bestätigt, dass mein Vater dein Zwillingsbruder gewesen ist?«

Völlig von seiner direkten Frage überrascht, gab ich zögerlich zur Antwort:

»Tja, ich habe mir natürlich schon eine Menge Gedanken darüber gemacht. Zu einem Ergebnis bin ich aber noch nicht gekommen. Ich denke, dass ich es erst wissen könnte, wenn es sich als Tatsache herausstellt.«

Der Junge folgerte hierauf:

»Immerhin wären wir dann miteinander verwandt. Du wärst mein Onkel und auch der von Aemilia.«

»Stimmt! Ich denke nicht, dass mir das unangenehm wäre. Vermutlich eher das Gegenteil. Schließlich mag ich euch und eure Mutter sehr gern. Es ist nur so, dass ich es mir irgendwie immer noch nicht vorstellen kann. Ich weiß, du siehst das ganz anders. Es scheint dir so, als könnte es gar keine andere Möglichkeit geben. In Anbetracht dessen, dass diese ungeheure Ähnlichkeit zwischen deinem Vater und mir besteht, und nun auch noch der Tatsache, dass feststeht, dass er adoptiert wurde, ist das gewiss auch nachvollziehbar. Du musst aber bedenken, dass meine eigene Vergangenheit keineswegs darauf hindeutet. Es kann einfach nicht sein, dass meine Eltern ein Kind weggegeben haben. Sie hätten schließlich dabei absichtlich auch noch Zwillinge getrennt. Warum hätten sie das tun sollen? Warum, Cassius?«

Marcus bemerkte, wie unangenehm mir die Situation wurde, und schaltete sich ein:

»Kommt schon, wir müssen halt das Ergebnis abwarten. Spekulationen führen im Moment einfach nicht weiter, sondern sind eher kontraproduktiv. Lasst uns in der Nähe von Zuhause noch irgendwo hingehen. Dort finden wir ganz bestimmt etwas Nettes. Die Nacht ist noch jung.«

< 10 >

Es fiel mir schwer, mit meinem Vater zu telefonieren, ohne ihn auf die Vermutungen anzusprechen, die Cassius hegte. Noch nicht einmal wagte ich es, zu erwähnen, dass der Junge hier war. Es schien mir richtig damit zumindest so lange abzuwarten, bis das Ergebnis des Tests feststand.

Mein Vater hatte angerufen, da er von Aaron Percey, dem Vater von Joshua, kontaktiert worden war. Die beiden standen inzwischen, nachdem Joshuas Vater nach dessen Tod zunächst zu mir Kontakt gesucht hatte, recht häufig, ja beinahe regelmäßig in Verbindung. Die älteren Herren nutzten hierbei die modernen Kommunikationswege. Insbesondere die Videotelefonie hatte es ihnen angetan. So stellte selbst die Entfernung über die Kontinente und Ozeane hinweg keine Hürden für die beiden mehr dar. Ich war froh, dass meine Eltern sich dem Fortschritt gegenüber nicht sträubten, sondern, wie in diesem Beispiel, die Vorzüge eher bereitwillig annahmen.

Die Überraschung, die den gerade erfolgten Kontakt zwischen meinem Vater und Aaron Percey bot, war die, dass Joshuas hinterbliebene Frau und deren gemeinsamer Sohn Deutschland besuchen würden. Die beiden sollten bereits zwei Tage später eintreffen. Sowohl die Mutter wie auch der Junge hatten offenbar den Wunsch geäußert, mich kennenzulernen, den mein Vater nun an mich herantrug.

Eigentlich fühlte ich mich hiermit überfordert.

Schließlich hatte ich bereits Cassius zu Besuch. Auch wenn ich noch immer nicht glaubte, dass das Ergebnis des Verwandtschaftstests den Erwartungen von Philippes Sohn entsprechen würde, fühlte ich mich dennoch irgendwie verpflichtet. Tatsache war nun einmal, dass Philippe nicht das leibliche Kind seiner Eltern gewesen war und diese jene Gegebenheit stets geheim gehalten hatten, und nach wie vor hielten. Mir war klar, dass ich Philippes Familie bei der Aufklärung der Angelegenheit behilflich sein müsste, auch wenn ich aller Voraussicht nach nicht wirklich etwas damit zu tun hatte. Ich hatte noch gar keine Vorstellung davon, wie ich hier helfen könnte. Zumindest wollte ich aber für Silvia und die Kinder da sein, selbst wenn ich nur zum Anvertrauen und Trostspenden zur Verfügung stehen würde.

Nichtsdestotrotz entschied ich mich sofort für ein Treffen mit Joshuas Frau und deren Sohn. Schließlich wäre dies vermutlich eine kaum wiederholbare Gelegenheit gewesen, die wir verpassen würden. Auch sollten sie keinesfalls denken, dass sie mir egal seien, nur, weil ich sie noch nicht kannte. Immerhin waren sie Frau und Kind meines ehemals besten Freundes.

Es ließ mir keine Ruhe, dass ich meinem Vater gegenüber gar nichts von dem erwähnt hatte, was mich derzeit bewegte. Kurz entschlossen blieb ich daher gleich am Telefon und nahm nun meinerseits Verbindung zu Silvia auf. Bereits als ich ihre Stimme hörte, schien es mir, dass es eine gute Überlegung gewesen war.

»Diga! Bist du das David?«

»Hallo Silvia! Entschuldige bitte, aber ich musste dich einfach anrufen. Im Moment wächst mir hier irgendwie alles über den Kopf.«

Ich erzählte Silvia von dem Telefonat mit meinem Vater. Dabei schilderte ich vor allem, wie schwer es mir gefallen war, nicht mit den Vermutungen herauszuplatzen, die Cassius hegte.

»Weißt du«, sagte ich, »ich freunde mich ja noch immer nicht mit den Vorstellungen deines Sohnes an. Völlig ausschließen können wir das Ganze aber erst, wenn das Testergebnis vorliegt. Und dann? Was dann, Silvia? Ich will weder dich noch Cassius oder Aemilia in dieser Situation alleine lassen. Schließlich haben Philippes Eltern immerzu gelogen. Das steht jetzt ohne Zweifel fest. Selbst nach Philippes Tod scheinen sie keinen Gedanken an Aufklärung zu verschwenden. Ich kann mir zudem nicht vorstellen, dass Cassius die Sache auf sich beruhen lassen will. Ganz gewiss wird er die Konfrontation mit deinen Schwiegereltern suchen.«

»Das werde ich ebenfalls, David! Schließlich haben die beiden kein Recht dazu, so etwas zu verheimlichen. Schlimm genug, dass Philippe nie erfahren hat, dass er adoptiert wurde.«

Silvia schwieg einen kurzen Moment lang, fuhr dann aber mit entschlossenem Nachdruck fort:

»Ich werde nicht zulassen, dass die beiden so einfach davonkommen. Selbst wenn du nichts damit zu tun haben solltest und tatsächlich nicht mit Philippe verwandt bist, hätten sie doch, spätestens nachdem sie dich kennengelernt hatten, mit der Wahrheit herausrücken müssen. Sicher wirst du dich noch daran erinnern, wie erschrocken sie gewesen sind, als sie dich zum ersten Mal zu Gesicht bekamen. Es muss ihnen doch wie eine Mahnung von höherer Stelle vorgekommen sein.«

»Das sehe ich genauso«, entgegnete ich und fuhr fort, »und ja, ich erinnere mich nur zu gut, wie ich die beiden scheinbar regelrecht geängstigt habe. Auch schien mir von Anfang an ihr Desinteresse an mir unverständlich.«

»Siehst du, genau das meine ich. Und nun nimm einmal, ruhig nur für einen Moment, an, dass Cassius richtig liegt. Wie sähe das Ganze denn dann aus? Und weißt du, David, so abwegig finde ich die Vorstellung inzwischen gar nicht mehr. Es wäre schließlich die vernünftigste Erklärung dafür, warum du und Philippe einander derart ähnlich seid.«

< 11 >

Ich war bereits mit den Vorbereitungen für das Abendessen beschäftigt, als Marcus nach Hause kam. Entsprechend fand er mich in der Küche und begutachtete dort sofort, mindestens ebenso neugierig wie Don Carlos, was ich zubereitete.

»Ah, Bali-Hühnchen! Du weißt wirklich, wie man Freunde verwöhnt.«

Es musste ihm gerade erst aufgefallen sein, dass Cassius nicht zugegen war.

»Was hast du eigentlich mit unserem jungen Gast gemacht? Wo ist er denn?«

»Ich habe ihn auf Erkundungstour geschickt. Gleich, wenn ich mit den Vorbereitungen fertig bin, muss ich noch ein wenig arbeiten und hätte so eh keine Zeit für ihn gehabt.«

»Klingt vernünftig, zudem ist ja auch wirklich tolles Wetter. Was soll er dann hier? Was ist mit Cara? Kommt sie denn?«

»Ja, sie hat fest zugesagt. Wir müssen also für vier eindecken. Kannst du das bitte übernehmen? Ich muss wirklich gleich noch etwas tun.«

»Kein Problem! Ich habe mir heute keine Arbeit mit nach Hause gebracht. Ich habe Zeit. Wann essen wir?«

»Ich habe Cara und Cassius gebeten, um sieben hier zu sein. Ist das okay?«

So ging es noch eine kurze Weile hin und her, während ich die letzten Handgriffe an das Hühnchen nach balinesischer Art anlegte. Das musste jetzt mehrere

Stunden im Backofen zubringen, sodass sich das Zeitfenster ergeben würde, das ich schließlich für meine Arbeit benötigte. Plötzlich hielt Marcus mich am Arm fest und zwang mich, ihn anzusehen.

»Was ist los, David, irgendetwas bedrückt dich doch. Du weißt, dass du so etwas nicht vor mir verbergen kannst.«

Da erzählte ich ihm von den zuvor geführten Telefonaten mit meinem Vater und Silvia. Ich sagte ihm, wie schwer es mir gefallen sei, meinen Vater nicht direkt auf die Verdächtigungen von Cassius anzusprechen. Ich berichtete ihm außerdem, dass ich glaubte, dass Silvia inzwischen ebenfalls davon ausgehen würde, dass ich Philippes Zwillingsbruder sein müsste. Ich erläuterte ihm meine Ängste zu beiden Möglichkeiten des Testergebnisses; dass es mich beinahe ebenso belasten würde, wenn das Resultat wäre, dass kein Verwandtschaftsverhältnis zu Philippe bestünde. Ich erklärte ihm, dass ich mich der Familie gegenüber verpflichtet fühlte und nach bestem Vermögen helfen würde; wenngleich ich doch gar nicht wüsste, was ich tun könnte. Außerdem vergaß ich nicht, zu erwähnen, dass Joshuas Frau und Sohn auf dem Weg nach Deutschland waren und mich unbedingt kennenlernen wollten.

Marcus hörte mir die ganze Zeit über aufmerksam zu. Als ich schließlich nicht mehr wusste, was ich noch sagen sollte, schaute er mich mit sorgendem Blick an und meinte in beruhigendem Ton:

»Das ist wirklich ganz schön viel für einen Tag. Ich würde dir nur zu gerne etwas von deiner Last abnehmen.

Unterstützen werde ich dich aber in jedem Fall. Egal, wie die Sache ausgeht. Du weißt, dass du dich auf mich verlassen kannst.«

Natürlich wusste ich das. Trotzdem war es schön und tröstlich, es auch noch einmal ausgesprochen zu hören. Ich liebte diese Bedingungslosigkeit an Marcus und schätzte stets seinen Rat.

»Meinst du wirklich, dass es sinnvoll ist, Joshs Familie in der jetzigen Situation kennenzulernen?«

»Nun, es ist eine vermutlich kaum wiederbringbare Möglichkeit. Die beiden besuchen hier Joshs Schwester, die jetzt wohl in Wiesbaden wohnt. Ich denke nicht, dass sie sich jedes Jahr eine solche Reise gönnen wollen.«

»Das stimmt wahrscheinlich. Glaubst du aber nicht, dass es dich nur noch mehr aufwühlen wird?«

»Vermutlich, ich denke aber, dass es das wert ist. Abgesehen davon bin ich selbst sehr neugierig. Ich frage mich, wie die Frau sein wird, die Josh geheiratet hat. Wie wohl sein Kind aussehen wird, das übrigens inzwischen erwachsen ist. Ob der junge Mann ihm ähnlich sehen wird? Weißt du, als ich Josh das letzte Mal gesehen habe, war er gerade erst siebzehn. Sein Sohn ist jetzt älter, als er es damals gewesen ist. Ach, hätte ich doch nur Kontakt zu ihm gehalten.«

»Habt ihr denn schon einen Termin für das Kennenlernen ausgemacht?«

»Ich habe meinen Vater gebeten, das zu arrangieren. Er wird vorschlagen, dass ich am Montag hinfahre, um die beiden bei Joshs Schwester zu treffen. Ich denke, dass ich Cassius ruhig mitnehmen kann, wenn die

Zusammenkunft denn überhaupt stattfindet. Wie sieht es mit dir aus? Du musst arbeiten, oder?«

»Ja, leider. Da wäre ich wirklich sehr gerne dabei gewesen. Von allem, was du mir über die Jahre von Josh erzählt hast, habe ich inzwischen das Gefühl, ihn selbst gekannt zu haben.«

Cassius kehrte bereits etwa gegen halb sieben zurück. Marcus und ich erhielten zugleich eine kurze Zusammenfassung von allem, was er in den letzten Stunden erlebt hatte. Er zeigte uns hierbei stolz ein Paar Sneaker, die er zum Schnäppchenpreis ergattert hatte. Schließlich bemerkte er:

»Wow, das duftet ja ganz toll hier. Gibt es etwas Besonderes zu essen? Das riecht irgendwie so exotisch, und ich bin richtig hungrig. Wirklich, ich sterbe vor Hunger.«

Wir lachten, als wir bemerkten, wie verlegen er wurde nach dieser ungeschönten Mitteilung. Wie es seiner Neigung entsprach, lief er hochrot an und gab daraufhin nur noch leise von sich:

»Entschuldigt bitte, aber ich habe seit dem Frühstück hier bei euch, nichts mehr gegessen. Ich glaube, ich habe es einfach vergessen. Es gibt so tolle Geschäfte in Köln.«

Erneut lachten Marcus und ich. Zugleich gaben wir ihm zu verstehen, dass es ihm nicht peinlich sein müsse und wir durchaus Verständnis dafür hätten, wenn er hungrig wäre; insbesondere, da es bereits so sehr nach Essen riechen würde. Wir sagten ihm auch, dass sich noch eine Freundin zu uns gesellen würde.

Cara war gewiss meine beste Freundin. Ich kannte sie schon seit unzähligen Jahren. Natürlich hatte ich ihr von Philippe und dessen Familie erzählt. Jetzt, da die Gelegenheit bestand, dass sie einmal ein Mitglied der Familie persönlich kennenlernen könnte, wollte ich die Chance nicht vertun. Außerdem wohnte Cara fußläufig von Marcus' Wohnung entfernt.

Mein Bali-Hühnchen wurde ausnahmslos hochgelobt. Es bereitete mir große Freude zu sehen, mit welchem Genuss alle zulangten. Insbesondere Cassius schien gar nicht genug bekommen zu können, sodass ich froh war, vorsorglich mehr zubereitet zu haben, als ich es üblicherweise getan hätte.

Ich hatte zuvor einen Elbling kalt gestellt, der das Gericht sehr gut begleitete. Marcus und ich liebten diesen typischen Moselweißwein und so wie es aussah, konnten wir unsere Gäste ebenfalls für ihn begeistern.

Cara und Cassius verstanden sich auf Anhieb. Ich musste meine Freundin wiederholt darum bitten, nicht ins Spanische zu verfallen, damit Marcus alles verstehen konnte. Ich kannte wohl niemanden, der eine derartige Begabung für Sprachen besaß wie meine Freundin Cara. Neben Englisch und natürlich Deutsch beherrschte sie schon, seitdem ich sie kenne, das Spanische par excellence. Das hatte sie sich als junge Frau bei einem längeren Auslandsaufenthalt beigebracht. Später, da kannten wir uns bereits, war sie für einige Zeit mit einem Italiener liiert. Während dieser beim Deutschlernen fast gar keine Fortschritte gemacht hatte, konnte Cara nach kürzester Zeit Italienisch, und zwar so, dass man meinen könnte, dass sie es schon immer gesprochen hätte. Schließlich war sie später einmal mit einem Frankokanadier zusammen gewesen. Obwohl mir die Zeit nicht besonders lang schien, beherrschte Cara im Nu das Französische so sehr in der Art, dass man sie ohne Zweifel für eine Französisch sprechende Kanadierin halten konnte.

Als Dessert hatte Marcus eine Mousse au Chocolat vorbereitet. Hierfür besaß er ein Geheimrezept, und ich hatte noch nie eine bessere gegessen. Dazu reichten wir einen Dessertwein, einen Malaga, den ich dann auch schon leicht zu spüren begann.

Wenn ich in die erheiterten Gesichter der kleinen Runde schaute, sah es so aus, dass es den anderen ebenso erging. Mir schien unser kurzfristig arrangiertes Zusammentreffen durchweg gelungen, und es lenkte mich ab von den vorherigen Ereignissen jenes Tages. Ich freute mich darüber, dass Cara und Cassius sich so gut verstanden. Insgeheim hoffte ich wohl auch, dass sie sich des Jungen etwas annehmen würde und somit Marcus und mich ein bisschen entlasten könnte. Schließlich war ich es nicht gewohnt, rund um die Uhr Gastgeber zu sein. Außerdem konnte ich bislang kaum abschätzen, wie lange die Situation noch andauern sollte.

Diese Rechnung ging auch zugleich auf. Wie ich es erwartet hatte, fragte Cara schon bald, was wir denn noch unternehmen wollten. Schließlich war es ein Samstagabend und Cara gehörte eher nicht zu denen, die einen solchen vor dem Fernseher verbrachten. Ich entschuldigte mich mit dem anstrengenden Tag, der hinter mir lag. Marcus zog direkt nach und tat es mir gleich. Entsprechend blieb nur der Junge übrig, der sofort einen hellwachen Eindruck erweckte und einen, wie um nach Erlaubnis suchenden Blick an mich richtete. Ich lächelte ihn daraufhin an und meinte:

»So wie es aussieht, bleibt für heute nur ihr beide übrig. Nun, ich denke, dass du bei Cara in besten Händen bist. Wenn jemand weiß, wo man in Köln ausgehen kann, ist es ganz bestimmt sie.«

Marcus stimmte zu:

»Lass dich nicht dadurch täuschen, dass Cara eher zu unserer Generation gehört. Sie wird dir sicher einiges an Ausdauer abverlangen. Ich persönlich fürchte beinahe diese unendlichen Nächte.«

Ich richtete mich dann auch noch kurz, mit einem Augenzwinkern, an Cara:

»Am Montag brauche ich den Jungen aber spätestens zurück. Da fährt er mit mir nach Wiesbaden.«

Wir lachten daraufhin gemeinsam, und während Cara und Cassius sich schon bald aufmachten, verrichteten Marcus und ich noch alles Notwendige, um wieder Ordnung herzustellen. Im Anschluss begaben wir uns, begleitet von Don Carlos, mit einem Rest des Elblings auf die Terrasse, bis es uns dort schließlich zu kalt wurde.

< 12 >

Die Wuppertaler Schwebebahn bereitete mir immer wieder große Freude. Scheinbar konnte ich mit unserem Ausflug in die kleine Metropole im Bergischen Land auch Cassius begeistern. Da zudem verkaufsoffener Sonntag in Elberfeld war, fiel die Auswahl Wuppertals als Ziel für einen kurzweiligen Sonntagsausflug nicht sonderlich schwer. Zuvor hatte ich mich jedoch vergewissert, dass die Schwebebahn auch wirklich fuhr. Früher hatte ich schon das ein oder andere Mal erleben müssen, dass sie am Wochenende nicht fuhr wegen Reparaturen oder Ähnlichem.

Während der Autofahrt und auch zuvor bereits beim Frühstück war Cassius kaum gesellig. Cara hatte den Jungen scheinbar so lange durch das Kölner Nachtleben getrieben, dass ich schon fürchtete, dass mit ihm den ganzen Tag über gar nichts mehr anzufangen wäre und unsere Pläne einer Änderung bedurften. Tatsächlich schlief er auf der Fahrt auch ein. Als wir dann aber angekommen waren, hellte sich sein Zustand auf, und er erweckte einen aufrichtig interessierten Eindruck.

Wir ließen den Abschnitt nach Barmen und darüber hinaus aus und fuhren stattdessen direkt bis zur westlichen Endhaltestelle, Vohwinkel. Die Strecke dorthin von Elberfeld aus führte zunächst oberhalb der Wupper durch Gewerbe- und Industriegebiete. Dann, hinter der Haltestelle am Zoo, folgte sie nicht mehr dem schmalen Fluss. Stattdessen verlief sie über der Sonnborner Straße mitten durch den kleinen Ort, bei dem man sich kaum vorstellen konnte, dass es sich um einen Stadtteil handelte, wirkte er doch eher bergisch ländlich. Abrupt fand das vermeintliche Dorf sein Ende. Jäh wurde es durch die Autobahn von den dahinterliegenden Teilen Wuppertals getrennt. Man überfuhr diese und gelangte schließlich nach Vohwinkel. Hier verdichtete sich die Bebauung wieder und die Straße wurde derart eng, dass die Möglichkeit bestand, von den schwebenden Waggons aus den Bewohnern direkt in die Wohnzimmer sehen zu können. Diese, vermutlich über Jahrzehnte hinweg an die Situation gewöhnt, nahmen die Bahn scheinbar gar nicht mehr wahr, sondern gingen unbekümmert ihrem Alltag nach.

Die Rückfahrt mit der Schwebebahn führten wir nur bis zur Haltestelle am Robert-Daum-Platz aus. Hier hatten wir unsere Fahrt mit diesem einzigartigen Verkehrsmittel auch begonnen, da wir in der Nähe gut parken konnten. Von dort aus, nach links, der breiten Briller Straße folgend, gelangten wir nach etwa hundert Metern zum Café Creme, das ich immer gerne besuchte, wenn es die Zeit zuließ. Dort wurden Kuchen und Teilchen der unmittelbar nebenan liegenden Bäckerei serviert. Außerdem gab es Herzhaftes mit täglich wechselndem Angebot.

Das war genau die richtige Pause, bevor es uns ins eigentliche Zentrum zog, das von hier aus schnell über die Luisenstraße erreichbar war. An dieser lagen noch einige Lokale, die aber vor allem später am Nachmittag und abends frequentiert wurden.

Cassius schien der Stadt im Tal der Wupper ebenso

viel wie Marcus oder ich abgewinnen zu können. Man sagte dieser schließlich nicht gerade eine hohe Lebensqualität nach. Dennoch fand ich, dass sie sehr viele schöne Seiten hatte, besonders im Bereich von Elberfeld. Würde es dort nicht noch mehr regnen als in Köln und auch sonst vom Wetter her nicht rauer sein, hätte ich mir gut vorstellen können, dort zu leben.

Als wir die Fußgängerzone erreichten, wo inzwischen die Geschäfte geöffnet hatten, war deutlich auszumachen, dass unser Gast vollends erwacht war und dem durchaus großen Angebot seine ganze Aufmerksamkeit schenkte.

Es waren erneut ein Paar Sneaker, denen der Junge nicht widerstehen konnte. Marcus und ich begnügten uns damit, einige Ergänzungen für das Abendessen mitzunehmen.

Schließlich kehrten wir, dieses Mal jedoch über die Friedrich-Ebert-Straße, auf der sich noch mehrere Geschäfte befanden, zu unserem Startpunkt zurück. Kaum dass wir mit dem Wagen die Autobahn erreicht hatten, verriet mir ein Blick in den Rückspiegel, dass Cassius erneut Schlaf nachholte. Als ich mich dann zur Seite wandte und Marcus belustigt darauf hinweisen wollte, sah ich, dass dieser ebenfalls eingenickt war. Amüsiert schaltete ich das Radio leise ein und widmete meine Gedanken bereits den anstehenden Ereignissen.

< 13 >

Während unserer Fahrt nach Wiesbaden wurde ich ein wenig unruhig. Es wollte mir einfach nicht gelingen, mir vorzustellen, wie es sein würde, Joshuas Familie kennenzulernen. Schließlich kannte ich lediglich Joshuas Schwester und das auch nur flüchtig. Ich war mir zudem gar nicht sicher, ob es denn einen Sinn ergäbe, einen Kontakt herzustellen. Joshua war tot. Seine Frau und sein Kind waren mir völlig unbekannt. Was sollte daraus entstehen? Welchem Zweck sollte es dienen? Um meinen Entschluss, die beiden kennenzulernen, überhaupt zu rechtfertigen, redete ich mir ein, es Joshuas Vater zuliebe zu tun. Immerhin schätzte und mochte ich diesen aufrichtig.

Im Gegensatz zum Tag davor, war Cassius diesmal völlig aufgeweckt und voller Wissbegierde. Er löcherte mich mit Fragen zu Joshua und dessen Familie, die ich kaum beantworten konnte. Um ein wenig vom Thema abzuweichen, lenkte ich unser Gespräch auf Samstagnacht, in der er mit Cara durch Köln gezogen war.

»Ich habe gar nicht mitbekommen, wann du nach deinem nächtlichen Streifzug mit Cara nach Hause gekommen bist. Ist es sehr spät geworden?«

Er wurde daraufhin etwas verlegen, und wie es seine Art war, lief er gleich auch wieder ein wenig rot an.

»So genau weiß ich es nicht mehr. Die Sonne war aber noch nicht aufgegangen. Und ich habe es immerhin geschafft, aufzustehen, um mit euch nach Wuppertal zu fahren.«

Seine offensichtliche Verlegenheit veranlasste mich, zu lachen. Ich gab ihm jedoch deutlich zu verstehen, dass ich lediglich mit ihm scherzte, und erwiderte:

»Nun, dass die Sonne noch nicht aufgegangen war, verdankst du wohl vor allem der Jahreszeit. Und, um auf die Fahrt nach Wuppertal zurückzukommen: Die hast du weitestgehend verschlafen.«

Er lachte jetzt ebenfalls, wenngleich nach wie vor etwas verschämt.

»Wenn du mich denn auch mit deiner Freundin losschickst. Cara besitzt wirklich eine unglaubliche Energie. Sie kennt, glaube ich, jeden Winkel von Köln. Überall sind wir irgendwelchen Leuten begegnet, die sie kannte. Sie war auch schon öfter in Barcelona und kennt dort offensichtlich Läden, von denen ich noch nicht einmal etwas gehört habe. Außerdem spricht sie Spanisch, als wäre sie eine Spanierin. Und wie gut sie aussieht für ihr Alter. Bisher haben mich noch nie Frauen interessiert, die wesentlich älter sind als ich. Aber Cara ...«

So ging es noch eine ganze Weile mit Lobpreisungen weiter. Der Junge geriet regelrecht ins Schwärmen. Irgendwann stimmte ich mitfühlend an:

»Ja ja, ich weiß. Cara hat schon so manchem Mann den Kopf verdreht. O bella Cara!«

»O bellissima Cara«, pflichtete Cassius bei, wobei seine Gesichtsfarbe schließlich tiefste Purpurtöne erreichte.

Fast tat er mir leid, weshalb ich sogar freiwillig zum Thema »Joshua« zurückwechselte. Ich erzählte davon, wie ich ihn in meiner frühen Jugend auf den Philippinen kennengelernt hatte, wie wir Nachbarn und schließlich innige Freunde geworden waren. Von so manchem Unfug, den wir angestellt hatten, berichtete ich ebenso wie von meinen nun bestehenden Gewissensbissen, weil ich es nicht vermocht hatte, Kontakt zu meinem ehemals besten Freund zu halten.

Joshuas Schwester wohnte nicht direkt in Wiesbaden. Sie bewohnte mit ihrer Familie einen zu reinen Wohnzwecken umgebauten Bauernhof in Erbenheim, welcher ganz nah an der riesigen amerikanischen Militärbasis lag, wo sie und ihr Mann arbeiteten. Ich erinnerte mich nur wenig an sie. Ich wusste noch, dass sie einmal eine längere Zeit auf den Philippinen verbracht hatte, als sie ihr erstes Kind bekommen hatte. Joshuas Schwester war etwa sechs Jahre älter als er. Vermutlich sah sie damals nur den lästigen Freund ihres nervigen Bruders in mir. Dennoch, jetzt begrüßte sie mich mit aufrichtiger Herzlichkeit, sodass ich mich sofort willkommen fühlte. Sie entschuldigte sich sogar dafür, dass sie nie Kontakt zu mir aufgenommen hatte, obwohl sie jetzt doch schon viele Jahre in Deutschland lebte. Dabei gestand sie ganz offen, dass sie nie darüber nachgedacht hätte, bis eben zu dem Zeitpunkt, als Joshua verunglückt war.

Joshuas Frau, Amanda, war hinreißend. Wie er damals war sie rotblond, besaß zahlreiche, jedoch ganz leichte Sommersprossen und eine liebliche Stupsnase. Beinahe hätte man denken können, sie gehöre zur Familie, glich sie doch Joshua scheinbar mehr, als dessen Schwester es tat. Sie war sehr schlank, geradezu zart, verfügte jedoch zugleich über eine einnehmende Aura. Weniger die einer Diva, sondern eher einfühlend und herzlich, irgendwie mütterlich. Als sie Cassius und mich ansprach, erweckte sie dabei eine Vertrautheit, dass man glauben mochte, sie kenne uns schon eine Ewigkeit und wüsste alles über uns. Mir war sofort klar, warum Joshua sich in sie verliebt haben musste, und ich war sehr glücklich darüber, dass er seine Zeit auf Erden mit dieser wunderbaren Frau teilen durfte.

In Miles schließlich erkannte ich sofort Joshua wieder. Vermutlich begünstigt durch Amandas äußere Ähnlichkeit zu den Perceys, wirkte er auf mich regelrecht wie eine Kopie von ihm, wenngleich er um einiges größer war. Auch war er zu diesem Zeitpunkt bereits älter, als Joshua es gewesen war, als ich ihn zuletzt gesehen hatte. Bei genauerem Hinsehen konnte ich jedoch erkennen, dass er auch viel von seiner Mutter geerbt hatte. Seine Mundpartie glich ganz der ihren mit diesem bezaubernden Lächeln.

Er wirkte viel weniger schüchtern, als Cassius es tat. Die Offensivität, die von ihm ausging, war genau von der Art, wie sie mich früher bei Joshua so sehr begeistert hatte. Neugierig, dabei immer wieder Cassius im Blick behaltend, wandte er sich geradezu unvermittelt an mich:

»Du hast ja auch einen Sohn. Das wusste ich gar nicht. Wie ähnlich ihr euch seht.«

Dann richtete er sich, ohne eine Erwiderung abzuwarten, an Cassius:

»Sprichst du Englisch? Wie alt bist du denn? Ich bin

einundzwanzig.«

Es war schließlich Amanda, der es gelang, den jungen Mann ein wenig zu bremsen. Mit ihrer mütterlich beruhigenden Art verschaffte sie mir die Gelegenheit, etwas Klarheit in die Situation zu bringen.

Zuvor hatten wir uns nur kurz namentlich vorgestellt. Jetzt erklärte ich in knappen Sätzen, wer Cassius tatsächlich war, und kam so dann schließlich auch zu der unglaublichen Geschichte, die sich um Philippe und mich rankte. Ich verschwieg auch nicht, warum Cassius hier war. Worauf Miles sich wiederum ungestüm an den Jungen wandte:

»Wenn du recht mit deiner Vermutung haben solltest, ist es ganz klar, warum ihr euch so ähnlich seht. Dann ist David zwar nicht dein Vater, aber immerhin dein Onkel. Hinzu kommt, dass dein Vater und David, im Fall der Fälle, nicht nur Brüder, sondern Zwillinge gewesen waren. Ich halte deinen Verdacht daher für ganz logisch. So macht es doch Sinn, dass nicht nur die beiden, sondern auch ihr euch so ähnlich seht.«

Obwohl ich deutlich zu verstehen gab, dass ich nicht von Cassius' Vorstellungen überzeugt war; außerdem, den aus meiner Sicht vernünftigen Einwand einbrachte, dass es für meine Eltern gar keinen Grund gegeben haben könnte, ein Kind wegzugeben; schließlich, dass wir zuvor bereits viel recherchiert hatten und keine Verbindung zwischen unseren Familien feststellen konnten, gelang es mir ganz offensichtlich nicht, Miles von dem Glauben an Cassius' Theorie abzubringen. Vermutlich steckte er den Jungen mit seiner Euphorie sogar noch weiter an. Ganz klar erkennbar umspielten dessen Lippen jetzt ein uneingeschränkt selbstgefälliges Lächeln, das zu sagen schien: »Siehst du!«

Ich gab mich für den Moment geschlagen, nicht zuletzt, um von dem Thema wegzukommen. Immerhin, in den Ausdrücken der Gesichter von Amanda und Joshuas Schwester konnte ich auch Unterstützung für meine Version, die der Ungläubigkeit in der Sache, erkennen.

Erneut war es jedoch Amanda, die unser Gespräch in Bahnen lenkte, welche die Konversation einfacher machten. Sie begann damit, dass Joshua früher häufig von mir gesprochen hatte, insbesondere als er noch jünger war. Zu der Zeit als sie sich gerade kennenlernten.

»Manchmal entwickelte ich bei seinen jederzeit lebhaften Erzählungen nahezu das Gefühl, dich persönlich zu kennen.«

Sie unterbrach sich nachdenklich, um dann schließlich fortzufahren:

»Ich denke, er hat dich wirklich sehr gemocht und zeitlebens auch immer wieder vermisst. Warum er ebenso wenig versucht hat, Kontakt zu halten, bleibt mir ein Rätsel. Ich selbst habe ihn häufiger sogar dazu ermuntert. Vielleicht seid ihr Männer da irgendwie anders. Zu vielen meiner Freundinnen aus der Kindheit habe ich heute noch regen Kontakt. Und wenn es nur per E-Mail oder Videotelefonie ist, respektive früher per Briefpost war.«

Es klang aber kein Vorwurf in Amandas Bemerkung. Eher war es so, als teilte sie sogar meine diesbezügliche Reue. Sie bat mich schließlich, Miles doch ein wenig von den persönlichen Erinnerungen an seinen Vater zu erzählen.

»Wie wir uns kennengelernt haben und, dass wir Nachbarn gewesen sind, weißt du vermutlich längst. Wusstest du aber auch, dass dein Vater und ich bereits ganz früh angefangen haben, eigenes Geld zu verdienen?«

Als er meine Frage mit Nein beantwortete und auch Amanda und Joshuas Schwester angaben, nur wenig darüber zu wissen, fuhr ich fort:

»Nun, wir haben immer wieder Ausflüge für Touristen organisiert. Zu Anfang ging es damit los, dass wir Bootstouren mit ihnen unternommen haben. Unweit vor der Küste unseres nächsten Fischerorts lagen mehrere ganz kleine, unbewohnte Inseln. Einige von diesen besaßen paradiesische Strände. Wir heuerten hierfür stets Fischerboote an, deren Betreiber immer froh darüber waren; verdienten sie so doch mehr, als sie es gewöhnlich taten. Anfangs nahmen wir nur Getränke und vorbereitete Mahlzeiten mit. Später engagierten wir meist auch noch einen Koch, der, während die Gäste badeten, bei den Korallenriffen schnorchelten oder die kleinen Inseln zu Fuß erkundeten, richtige mehrgängige Menüs zauberte. Unser Organisationstalent sprach sich schnell herum, sodass wir bereits von den Hotel- und Resortbetreibern direkt angesprochen wurden, ob wir ihren Gästen nicht etwas anbieten könnten. Das ging dann so weit, dass wir die Teilnehmer unserer Touren sogar mit den landestypischen Jeepneys an ihren Hotels abholten und sie schließlich wieder dorthin zurückbrachten. Also wie richtige Reiseleiter.«

Ich merkte, dass meine Erzählung ankam. Alle, einschließlich Joshuas Schwester, hingen an meinen Lippen, sodass ich weiter berichtete:

»Als wir älter wurden, führten wir sogar manchmal Fahrten mit Übernachtungen durch. Insbesondere zu den Wasserfällen bei Moalboal.«

Hier unterbrach mich Amanda kurz:

»Da bin ich mit Josh auch einmal gewesen. Die sind in der Tat wunderschön.«

Joshuas Schwester ergänzte:

»Ich war da auch schon; vor ganz langer Zeit; mit meinem Mann, kurz nachdem ich ihn kennengelernt hatte. Ich erinnere mich, dass es damals etwas umständlich war, dorthin zu kommen. Es hat sich aber wirklich gelohnt.«

Ich erzählte weiter von unserer einstmaligen Geschäftstüchtigkeit. An irgendeiner Stelle fragte mich Miles:

»Hattet ihr denn nie Probleme dabei? Ihr seid ja schließlich noch nicht erwachsen gewesen. Konntet ihr euch dort denn so frei bewegen? Hat man euch als Geschäftsleute ernst genommen?«

»Nun«, antwortete ich, »wir hatten den Vorteil, dass die Einheimischen nicht so recht wussten, wie sie mit uns umgehen sollten. Europäische oder amerikanische Kinder und Jugendliche waren eine absolute Rarität. Wenn überhaupt, traf man auf diese dort lediglich im Urlaub, in Begleitung von ihren Eltern. Ein weiterer Vorteil war gewiss auch, dass sie unser Alter nie so richtig einschätzen konnten. Die meisten Filipinos sind eher klein, sodass wir sie fast immer überragten. Ich hatte zudem bereits frühen Bartwuchs. Das ist etwas, was die Einheimischen dort auch nicht kennen. Schließlich erhielten wir fortwährend auch Unterstützung. Teils, wenn auch nicht unbedingt immer mit echter Überzeugung, natürlich von unseren Eltern. Insbesondere aber von denjenigen, die durch uns ganz gut mitverdienten.«

Der Tag mit den Perceys verging wie im Flug. Mittags besuchten wir die Weinstube eines großen Biobauernhofs in unmittelbarer Nähe zu dem amerikanischen Militärstützpunkt. Dort gab es auch ein richtiges Restaurant, das aber montags leider geschlossen hatte. Die ansprechend in ehemaligen Stallungen untergebrachte Weinstube bot aber ebenfalls gefällige Speisen an, wobei überwiegend Zutaten vom eigenen Hof verarbeitet wurden. Wirklich lecker!

Kurz bevor Cassius und ich letztendlich den Nachhauseweg antraten, lernten wir auch noch den Mann von Joshuas Schwester kennen. Dieser meinte, mich bereits auf den Philippinen kurz gesehen zu haben, als er einmal bei den Perceys zu Besuch gewesen war. Ich konnte mich jedoch beim besten Willen nicht an ihn erinnern.

Allesamt verabschiedeten wir uns schließlich herzlich voneinander. Dabei versprachen wir uns, in Verbindung zueinander zu bleiben, was mittels moderner Technik auch nicht mehr so aufwendig war. Sogar Cassius und Miles tauschten Kontaktdaten aus. Es schien mir, als könnte sich hier durchaus eine Freundschaft anbahnen.

Ganz unauffällig zog mich dann Amanda noch kurz zur Seite und wandte sich vertrauensvoll an mich:

»David, bitte verstehe mich nicht falsch. Ich möchte mich wirklich nicht aufdrängen. Ich denke jedoch, dass es eine große Hilfe für Miles wäre, wenn du dich tatsächlich hin und wieder bei ihm melden würdest. Seit Josh tot ist, wirkt er irgendwie haltlos auf mich. Ich habe ihn schon lange nicht mehr so erlebt wie heute. So interessiert, so teilhabend, so unbekümmert. Auch wenn er es sich nicht anmerken lässt. Er leidet sehr unter dem Verlust. Vielleicht kannst du mit deinen Erinnerungen an seinen Vater ihm diesen ab und zu ein wenig wiederbringen. Ich selbst fand es ganz fantastisch, Erinnerungen an meinen Mann teilen zu können, die ich gar nicht besitze. Du zeigst mir Josh von einer Seite, die ich bisher noch gar nicht gekannt habe.«

Ich überlegte kurz und versprach schließlich:

»Das werde ich tun. Dieses Mal werde ich Kontakt halten. Das Zusammentreffen mit euch hat auch mir sehr viel gebracht. Es war wie ein Rückblick in meine Vergangenheit mit deinem Mann. Ein Rückblick in meine Jugend, in der er mein bester Freund gewesen war. Dabei Miles zu erleben, der Josh so sehr ähnelt, war geradezu phänomenal. Es ist nicht nur so, dass die beiden sich äußerlich sehr ähnlich sind. Wenn dein Sohn sich bewegt oder spricht, kommt es mir immer wieder so vor, als würde ich Josh selbst noch einmal erleben können. Ja, ich denke, bereits aus eigenem Interesse will ich Kontakt zu euch halten.«

Amanda lächelte mich daraufhin herzlich an, ohne

noch etwas hinzuzufügen. Erneut musste ich daran denken, welches Glück Joshua mit seiner Frau erleben durfte, und es stimmte mich sofort zufriedener und weniger traurig darüber, dass er heute nicht hier bei uns sein konnte.

< 14 >

Frau Cornelsen meldete sich am frühen Vormittag bei mir. Beinahe hatte ich das Gefühl, dass ein wenig Stolz und Eigenlob mitschwangen, als sie mir sagte, dass die Testergebnisse bereits vorlagen. Entsprechend dankte ich ihr herzlich, ohne zu vergessen, zu erwähnen, wie großartig ich es fände, dass sie die Wartezeit derart zu verringern vermochte.

Als wir bei dem schmucklosen Gebäude ankamen, schenkte ich diesem ein genaueres Hinsehen. Der eigenwilligen Ästhetik konnte ich jedoch weiterhin nichts abgewinnen. Beim Eintreten in das Gebäudeinnere hingegen erkannte ich dieses Mal allerdings, dass man dort, scheinbar vor noch gar nicht allzu langer Zeit, eine Grundsanierung durchgeführt haben musste. In Anbetracht der Möglichkeiten schien mir diese auch durchweg gelungen. Man konnte, meiner neu gewonnenen Meinung zu der Immobilie nach, durchaus von einer würdigen Atmosphäre sprechen. Ich fragte mich kurz, ob Frau Cornelsen gerne hier arbeitete.

Am Empfang wurde meine Vermutung untermauert, dass Frau Cornelsen promovierte Ärztin sein musste. Als die junge Mitarbeiterin, die dort tätig war und uns neugierig musterte, freundlich erklärte, wo wir sie finden würden, sagte sie dabei:

»Frau Dr. Cornelsen erwartet Sie bereits, Sie können direkt durchgehen.«

Auf dem Weg zu dem Beratungszimmer meinte Cassius:

»Es ist mit dir wirklich wie mit meinem Vater. Du hast dieselbe charmante Wirkung auf Frauen, wie er sie hatte. Wie hast du das gemacht? Es hieß doch, dass es bis zu zwei Wochen dauern kann, bis die Ergebnisse vorliegen. Jetzt ist noch nicht einmal eine Woche vergangen.«

»Was meinst du?«, entgegnete ich amüsiert. »Ich habe doch gar nichts getan. Vielleicht hätten wir die gute Frau zum Essen einladen sollen«, scherzte ich weiter. »Dann hätten wir das Ergebnis vermutlich bereits gestern abholen können.«

Unmittelbar vor der Tür zum Beratungsraum überkam mich, bevor ich anklopfte, dann doch noch ein Gefühl der Unsicherheit. Ein Blick zu Cassius verriet mir, dass er ebenfalls nervös geworden war. Ich nickte ihm aufmunternd zu und fragte kurz:

»Bereit?«

Als Antwort nickte er mir lediglich ebenfalls zu und versuchte zu lächeln. Schließlich klopfte ich an.

Erneut bemerkte ich, dass Frau Dr. Cornelsen ihre Brille gekonnt ausgewählt hatte oder diesbezüglich sehr gut beraten worden war. Natürlich fiel mir auch wieder ihre Stimme auf, die deutlich verriet, dass sie Raucherin sein musste. Im Gegensatz zum frühen Vormittag, als sie mich angerufen hatte, war es jetzt jedoch nicht mehr ganz so auffällig.

Sie hielt einen großen braunen Papierumschlag in der Hand, dem sie einige zusammengeheftete Blätter Papier entnahm, die offensichtlich eine Akte ergaben, sowie zwei kleinere Umschläge. Sie reichte jedem von uns einen der kleineren Kuverts und bat uns zugleich, selbige noch nicht zu öffnen.

»Diese enthalten jeweils das Testergebnis, sodass jeder von Ihnen auch ein entsprechendes Dokument besitzt.«

Sie schaute uns noch einmal lächelnd, beinahe scheinbar belustigt an, bevor sie kurz in die Akte blickte und sich dann wieder an uns wandte:

»Ich möchte Sie beide keineswegs auf die Folter spannen, zumal das Ergebnis eindeutig ist.«

Weiter Spannung aufbauend, fuhr sie dann doch nicht unmittelbar fort, sondern erklärte noch einmal kurz die Richtlinien für das Abstammungsgutachten. Sie versicherte uns zugleich, dass das Resultat vollkommen verlässlich sei. Endlich erlöste sie uns mit den Worten:

»Wie ich es bereits erwähnt habe, ist das Ergebnis in Ihrem Fall eindeutig. Es besteht keinerlei Zweifel an der Vaterschaft.«

Auf dem Weg zurück zu Marcus' Wohnung schwiegen wir zunächst beide. Gegenüber Frau Cornelsen hatten wir weiterhin kein Wort zu unserer Geschichte verloren, sodass wir vermutlich den Eindruck erweckt hatten, dass uns das Resultat des Tests überrascht haben müsste und nur wenig lieb war.

Etwa auf der halben Strecke unterbrach Cassius das Schweigen und meinte nervös:

»Wenn das Ergebnis des Gentests so eindeutig belegt, dass ich dein Kind sein müsste, kann das nur bedeuten, dass mein Vater tatsächlich ...«

»... mein Zwillingsbruder war«, ergänzte ich.

Erneut fanden wir zunächst keine Worte; und wieder war es Cassius, der begann.

»Stört es dich, dass du jetzt mein Onkel bist? Du denkst sicherlich, dass ich mir das Ergebnis so gewünscht habe. Nun, vermutlich ist das auch so.«

»Das ist es nicht, Cassius. Das, was vor uns liegt, ängstigt mich. Nun ist nicht nur Tatsache, dass deine Großeltern ihr ganzes Leben lang in der Sache gelogen haben. Nein, jetzt steht auch fest, dass meine Eltern das genauso gehandhabt haben. Cassius, wenn ich ehrlich bin, bin ich nicht nur wütend darüber, sondern auch völlig ratlos, wie es weitergehen soll.«

»Das verstehe ich«, meinte der Junge. »Ich weiß auch längst nicht mehr, wie ich meinen Großeltern noch gegenübertreten kann. Ich frage mich außerdem, ob wir überhaupt jemals die ganze Wahrheit erfahren werden.«

»Nun, ich werde jetzt auch alles daran setzen, dass die Geschichte ihre Aufklärung erfährt. Wir sollten gleich noch deine Mutter informieren. Und bitte, denke nicht, dass es mir in irgendeiner Weise unangenehm ist, mit dir und deiner Schwester verwandt zu sein. Ich kann mir keine bessere Familie vorstellen.«

»David, ich mag dich wirklich sehr. Ich bin mehr als nur froh darüber, dass deine Ähnlichkeit zu meinem Vater nicht nur eine unerklärliche Laune der Natur ist. So ergibt das Ganze irgendwie doch noch einen Sinn. Auch wenn ich nicht wirklich an Gott glaube, scheint es doch beinahe so, dass zusammenfinden soll, was zusammen gehört. Denkst du das nicht ebenfalls?«

»Sicher, Cassius. Irgendwie sehe ich das ja auch ein wenig so. Nur, warum dann nicht schon viel früher? Es wäre doch nur gerecht gewesen, wenn ich deinen Vater hätte kennenlernen dürfen.«

Cassius wunderte sich, als wir an der Haustür zu Marcus' Wohnung vorbeigingen, und ich auch gar keine Anstalten machte, anzuhalten, um in das Haus hineinzugehen.

»Wo willst du denn hin«, fragte er. »Du wolltest doch, dass wir meine Mutter anrufen.«

»Später«, entgegnete ich nach wie vor völlig aufgewühlt. »Jetzt haben wir erst einmal etwas anderes vor. Komm mit!«

Mein Vater öffnete die Tür. Als er Cassius bemerkte und offensichtlich sofort begriff, um wen es sich handelte, zuckte er regelrecht zusammen und trat ein paar Schritte zurück. Ich schob Cassius, der vor Unsicherheit beinahe versteifte, geradezu vor mir in die Diele hinein, in der uns inzwischen auch meine Mutter entgegenkam. Als sie den Jungen als Philippes Sohn erkannte, stieß sie einen leisen, regelrecht entsetzten Schrei aus. Gleich darauf drückte sie ihr Gesicht in beide Hände und begann bitterlich zu schluchzen. Mein Vater versuchte, die Fassung zu wahren, lächelte den unerwarteten Gast unsicher an, räusperte sich verlegen und sprach dann gebrochen, jedoch direkt an den völlig verunsicherten Jungen gerichtet:

»Du musst Cassius sein, der Sohn von Philippe. David hat uns schon ganz häufig von dir erzählt.«

Ich unterbrach meinen Vater wütend und ungehalten, vermutlich auch etwas zu laut:

»Ja richtig, das ist er! Das ist Cassius! Seht ruhig genau hin – schaut euch euren Enkel an!«

Ich erkannte deutlich, dass ich Cassius verängstigt hatte. Als ich aber die letzten Worte von mir gegeben hatte, bemerkte ich auch deutliche Anzeichen von Überraschung. War es so, dass ihm bis jetzt noch gar nicht klar gewesen war, dass die Tatsache, dass Philippe mein Zwillingsbruder war, auch bedeutete, dass meine Eltern seine Großeltern sein mussten? Hatte er das bei seinen akribischen Recherchen schlichtweg übersehen? Hatte er nie darüber nachgedacht?

Ein Hinübersehen zu Cassius bestätigte sofort die diesbezüglichen Vermutungen. Als hätte er meine Gedanken erraten, senkte er, wie ertappt, den Blick und lief wieder einmal hochrot an. Augenblicklich tat er mir leid. Doch bevor ich etwas hätte unternehmen können, wurde die Situation für Cassius nur noch quälender, da sich plötzlich meine Mutter geradezu auf ihn stürzte. Laut weinend umschlang sie den inzwischen vollends erstarrten Jungen und küsste ihn sogar auf die Wangen. Ohne Unterlass wiederholte sie dabei flehentlich:

»Es tut mir so leid. Bitte verzeih mir.«

Da sie hierbei Deutsch sprach, verstand er nicht die Worte. Hilfe suchend sah er zu mir hin, was mich dann auch endlich veranlasste zu reagieren. Ich zog meine Mutter von Cassius fort und wandte mich besänftigend, durch ihre heftige Reaktion auch gerührt, an sie:

»Mama, bitte! Du musst dem Jungen etwas Raum

geben. Er kennt dich doch noch überhaupt nicht. Außerdem musst du Englisch mit ihm sprechen. Er kann dich sonst gar nicht verstehen.«

Es gelang mir auch, Cassius beruhigend anzulächeln und ihm zu sagen:

»Du musst keine Angst haben. Es wird jetzt bestimmt alles gut werden.«

Ich geleitete kurzerhand alle ins Wohnzimmer. Dort positionierte ich uns, auf den Sofas Platz nehmend, so, dass ich zwischen meinen Eltern und Cassius saß. Ich wollte ihm Schutz bieten und die Gelegenheit, etwas Selbstvertrauen zurückzugewinnen.

Offensichtlich gelang mir das auch. Während meine Eltern noch immer von Verängstigung und Traurigkeit überwältigt schienen, konnte ich bei dem Jungen inzwischen deutlich auch Neugierde ausmachen.

»Hast du denn gar nicht darüber nachgedacht, dass sie deine Großeltern sein müssen«, fragte ich ihn.

An meine Eltern gewandt fuhr ich fort:

»Was habt ihr euch denn dabei gedacht? Warum habt ihr meinen Zwillingsbruder damals weggegeben? Wieso habt ihr niemals etwas gesagt? Auch dann nicht, als ich von Philippes Existenz erfahren habe. Wollt ihr uns jetzt wenigstens die Wahrheit sagen? Kommt schon endlich, was für eine Geschichte steckt dahinter?«

Die Geschichte, die wir daraufhin zu hören bekamen, erstaunte mich, und ich denke, dass es Cassius ebenso erging, doch sehr.

Es war nämlich gar nicht so, dass meine Eltern

77

Philippe weggegeben hatten. Mein Zwillingsbruder war unmittelbar nach unserer Geburt aus der Säuglingsstation des Krankenhauses verschwunden. Man musste von einer Entführung ausgehen. Es hatte sich jedoch nie jemand daraufhin gemeldet. Da kein Lösegeld gefordert worden war und auch sonst keinerlei Hinweise eingegangen waren, war meinen Eltern schnell klar geworden, dass es hierbei letztlich um Philippe ging. Man wollte kein Geld, sondern ein Kind. Alle polizeilichen Maßnahmen waren ergebnislos geblieben. Da von den Entführern aus keinerlei Kontaktaufnahme erfolgt war, hatte es auch überhaupt keine Spur gegeben, der nachgegangen werden konnte. Untersuchungen beim Krankenhauspersonal hatten ebenso ins Leere geführt wie die Öffentlichmachung des Falls, um entweder Hinweise aus der Bevölkerung zu erhalten oder an das Mitgefühl der Entführer zu appellieren.

Nachdem meine Eltern ihre Beichte abgelegt und die Geschichte darum bestmöglich versucht hatten zu erklären, entspannte sich die Situation ein wenig. Wir erfuhren unter anderem, dass mein Bruder den Namen Simon erhalten sollte. Außerdem, dass ich der Erstgeborene war, jedoch mit nur ganz geringem Vorsprung. Es war keine schwierige Geburt. Alles schien zunächst glücklich zu verlaufen. Bis zu dem Schock, als Philippe plötzlich verschwunden war. Vermutlich wäre eine derartige Entführung heute nicht mehr so einfach möglich. Es waren jedoch andere Zeiten gewesen. Abgesehen davon, wer sollte denn ein gerade geborenes Baby stehlen und dabei sogar so unmenschlich zu sein,

Zwillinge trennen? Meine Eltern hatten auch einen eigenen Privatdetektiv beauftragt. Der war aber ebenso erfolglos geblieben wie die Polizei, da er, wie diese, noch nicht einmal irgendwelche Anhaltspunkte hatte finden können.

< 15 >

Eigentlich hatte ich bereits in der Nacht zuvor damit gerechnet. Das Zusammentreffen mit Amanda und Miles fand ich im Grunde hierfür ausreichend aufregend. Jedoch stellte sich der Traum erst in jener Nacht ein, welcher der aufwühlende Tag voranging, der die Feststellung mit sich brachte, dass Philippe tatsächlich mein Zwillingsbruder war. Gewiss waren es zudem die Geständnisse meiner Eltern gewesen, die dazu beitrugen, dass ich derart heftig träumte.

Wieder traf ich sowohl auf Philippe wie auch auf Joshua. Jedoch beide und auch ich selbst, waren dieses Mal Erwachsene. Außerdem fand das Zusammentreffen nicht an dem mir so bekannten Strand statt, sondern an einem gekonnt eingedeckten Tisch in einem Restaurant. Ich erkannte es unmittelbar wieder, hatte ich doch bereits einmal mit Silvia an genau jenem Tisch gesessen, als wir uns einige Monate zuvor in Paris getroffen hatten.

Philippe war der Erste, der etwas sagte.

»Wir haben für dich schon mitbestellt. Ich hoffe, dass du mit unserer Auswahl zufrieden sein wirst. Möchtest du auch einen Pastis vorneweg?«

Dann war es Joshua, der sich zu Wort meldete:

»Ich finde es toll, dass du endlich meine Familie kennengelernt hast. Was denkst du, sieht Miles nicht ganz so aus wie ich früher?«

Zuvor waren mir beide in meinen Träumen stets nur als Kinder oder Jugendliche begegnet, weshalb die jetzige Situation völlig ungewohnt für mich war. Bei Philippe fiel es mir nicht schwer, mich an ihn als Erwachsenen zu gewöhnen. Schließlich sah er genauso aus, wie ich selbst es tat. An Joshua hingegen konnte ich mich kaum sattsehen. Ich hatte ihn ja nie so kennengelernt.

Ich erinnerte mich, dass mein Traum nicht bis zum Servieren des Essens andauerte. Wir tranken lediglich den Pastis und unterhielten uns. Beide fragten mich, ob mir denn nicht schon die ganze Zeit über klar gewesen wäre, dass Philippe und ich Zwillinge waren. Joshua erwähnte hier und da seine Frau und seinen Sohn und wie glücklich er darüber sei, dass ich die beiden kennengelernt hatte.

Philippe gegenüber gab ich zu, dass ich die Wahrscheinlichkeit, sein Zwillingsbruder zu sein, stets regelrecht ausgeschlossen hatte. Eher an Joshua gewandt bemerkte ich, wie sehr mir das Zusammentreffen mit Amanda und Miles gefallen hatte. Ich erwähnte, wie stark sein Sohn mich an ihn erinnert hatte, und das nicht nur vom Äußeren her. Vielmehr machten es dessen Persönlichkeit und Habitus aus, die Ähnlichkeit zwischen den beiden herzustellen. Ich gestand meinem Freund auch, dass es mir sehr leidtat, den Kontakt zu ihm nicht beibehalten zu haben. Ich wies dann aber zugleich noch auf unsere Väter hin, welche inzwischen, dank moderner Technik, wieder in regelmäßiger Verbindung standen. Joshuas Gesicht erhellte sich zusehends, als ich von seiner Familie sprach. Auch Philippe erweckte während der ganzen Zeit einen äußerst zufriedenen Eindruck.

Plötzlich jedoch sahen mich beide unverwandt an und fragten im Gleichklang geradezu bedeutungsvoll:

»Nun, David, was gedenkst du, mit den neuen Erkenntnissen anzufangen?«

< 16 >

Ich wachte sehr früh auf und dachte zunächst noch eine ganze Weile über den Traum der langsam dahinscheidenden Nacht nach. War es zu früh, um Silvia anzurufen? Schlief sie noch tief und fest? Würde sie verärgert sein? Vielleicht wartete sie ja auch bereits darauf, dass ich mich erneut meldete.

Es ließ mir keine Ruhe, ich musste Silvia einfach anrufen. Sie würde es mir bestimmt verzeihen, sollte ich sie wecken. So stahl ich mich denn leise in die Küche, um nicht auch noch Marcus aufzuwecken.

»Diga! Bist du das, David?«

»Ja, ich kann nicht mehr schlafen. Habe ich dich geweckt? Bist du mir böse?«

»Nein, David, ich bin auch schon wach gewesen. Ich freue mich, dass du anrufst. Wie fühlst du dich?«

»Nun, ich bin natürlich immer noch völlig durcheinander. Die Tatsache aber, dass ich jetzt mit deinen Kindern verwandt bin, gefällt mir.«

»Und wie gehst du mit der Feststellung um, dass du einen Zwillingsbruder hattest, den du nie kennenlernen durftest? Macht dich das irgendwie wütend?«

In einer kurzen Pause, bei der ich hoffte, dass bei Silvia nicht das Gefühl aufkam, dass mir ihre Frage unangenehm sei, dachte ich darüber nach. Schließlich antwortete ich mit Überzeugung:

»Nein! Es ist zwar so, dass es mich sehr traurig stimmt, dass ich Philippe nie persönlich kennenlernen konnte. Dennoch, ich empfinde es als regelrechten

Segen, dass ich durch dich, Aemilia und Cassius doch noch, wenn auch nur indirekt, die Gelegenheit dazu gefunden habe.«

»Aber die Unehrlichkeit meiner Schwiegereltern und auch die deiner eigenen Eltern. Hast du nicht das Gefühl, dass sie dich, wie soll ich sagen, ja, irgendwie beraubt haben?«

»Gewiss, Silvia, bestimmt ist das auch ein wenig so. Jedoch nachdem sie mir ihre Beweggründe erklärt haben, kann ich meinen Eltern bereits verzeihende Gefühle entgegenbringen. Ich weiß noch nicht, wie das bei deinen Schwiegereltern sein wird. Allerdings kann ich mir vorstellen, dass ihre Motive durchaus nachvollziehbar sein werden. Schließlich haben sie Philippe geliebt und waren ihm stets gute Eltern.«

»Wenn man von der lebenslangen Lüge einmal absieht«, ergänzte Silvia mit bitterem Unterton und fuhr fort:

»Ich weiß nicht, David. Derzeit besitze ich keinerlei Gefühle, die mir ein Verzeihen gegenüber meinen Schwiegereltern erlauben. Dabei geht es mir weniger um mich und die Kinder. Ich denke hier vor allem an Philippe, der nie erfahren hat, dass er adoptiert worden war. Ich denke auch an deine Eltern, die gewiss geradezu Unerträgliches erlebt haben, als man ihnen damals ihr Kind stahl. Ich denke an dich, der seinen Zwillingsbruder nicht kennenlernen durfte. Und es macht mich einfach wütend, dass die beiden scheinbar denken, mit ihrem Lügenkonstrukt mühelos weitermachen zu können. David, sie haben dich inzwischen kennengelernt.

Sie wissen, wer du wirklich bist. Und trotzdem unternehmen sie gar nichts, um endlich der Wahrheit gerecht zu werden.«

»Nun«, wandte ich ein, »ich denke, dass sie jetzt einfach nicht wissen, was sie tun sollen und können. Vielleicht denken sie auch, wie meine Eltern es ja ebenfalls die ganze Zeit über taten, dass die Wahrheit schmerzhafter ist. Zudem, sie könnten es auch gar nicht wiedergutmachen. Dadurch, dass Philippe bereits gestorben ist, fehlt hierzu jede Möglichkeit.«

»Man kann aber versuchen, Abbitte zu leisten!«

Es folgte eine kurze Pause, in der ich über die Situation meiner Eltern nachdachte. Im Versuch, mir ein besseres, ein ganz normales Leben zu ermöglichen, hatten sie die Trauer um den Verlust nicht nur alleine bewältigt. Nein, sie hatten sich in ein Gebilde von Lügen verstrickt. Sie hatten sogar meine Großeltern und einige andere Verwandte hierin eingebunden, damit die Wahrheit nie bekannt würde und ich nicht mitleiden müsste. Durch ihr Verhalten waren sie aus ihrer Opferrolle beinahe selbst in die von Tätern geraten, denn das, was sie getan hatten, war vor allem eines, es war falsch.

Silvia unterbrach meine Gedanken.

»David, wir müssen die Sache aufklären. Wir müssen Bernard und Marie mit dem konfrontieren, was wir bereits wissen. Ich werde den beiden so viel Druck machen, dass sie schließlich bereit sein werden, alle restlichen Tatsachen herauszurücken. Im Notfall werde ich die anderen Roannes mit hineinziehen. Ich werde der gesamten Verwandtschaft drohen, die Sache publik zu machen, um so einen Skandal zu provozieren, den sich diese Familie nicht erlauben kann. David, glaube mir, wir werden die ganze Wahrheit erfahren. Das sind sie uns schuldig.«

< 17 >

»Morgen fahren wir nach Paris«, warf ich während des Frühstücks in den Raum. Dann wandte ich mich direkt an Cassius:

»Ich habe vorhin mit deiner Mutter telefoniert. Wir treffen uns dort mit ihr. Sie hat bereits einen Flug gegen Mittag gebucht. Wir fahren etwas früher mit dem Zug. Das passt sehr gut, um nicht lange aufeinander warten zu müssen.«

Der Junge wirkte im Nu hellwach. Er nickte jedoch lediglich zustimmend, weiter von einem Brötchen abbeißend. Auch Marcus' Interesse schien geweckt. Er fragte zunächst:

»Wann bist du denn aufgestanden? Ich habe gar nichts mitbekommen. Du hast vorhin schon Zugplätze reserviert?«

Dann wirkte er kurz nachdenklich, schien einen Moment lang zu zögern, fuhr aber doch gleich fort:

»Kannst du noch einen Platz dazu buchen? Ich würde schrecklich gerne mitkommen. Ich nehme mir einfach frei. Im Moment dürfte das kein größeres Problem sein.«

Erneut schien er kurz zu zögern, fragte schließlich aber noch:

»Hast du dich auch schon um Hotelzimmer gekümmert?«

Ich war einerseits überrascht, dass Marcus uns tatsächlich begleiten wollte. Auf der anderen Seite freute es mich sehr. Ich schätzte ihn immer auch als objektiven Ratgeber. Vielleicht wäre es zudem eine gute Idee, eine halbwegs neutrale Person dabeizuhaben, wenn wir uns mit den Eltern von Philippe treffen würden.

Bevor ich jedoch dazu kam, etwas zu erwidern, sprang Cassius bereits ein:

»Danke, Marcus, ich finde es richtig klasse, dass du mitkommen wirst. Ich denke, wir können gar nicht genug Unterstützung gebrauchen. Dann lernst du ja auch endlich einmal meine Mutter kennen. Die wird sich darüber bestimmt riesig freuen.«

Schließlich kam ich dann doch auch noch zu Wort:

»Ich finde es auch toll, dass du mitkommen willst. Silvia bringt auch Cassius' Schwester mit. Für die beiden hat sie schon ein Zimmer gebucht sowie für sich selbst eines. Sie wollte in Anbetracht der Situation auf keinen Fall bei den Roannes übernachten.«

Ich berichtete kurz zusammenfassend über mein Telefonat mit Silvia und ergänzte an Marcus gewandt:

»Ich habe im gleichen Hotel bereits ein Einzelzimmer reserviert. Ich denke aber, dass ich das umändern kann. Es schienen dort genug Zimmer frei zu sein.«

»Dann müssen wir uns nur noch um einen Platz im Thalys kümmern. Wie sieht es denn da aus? War der Zug schon stark gebucht?«

»Da werde ich gleich einmal nachsehen. Hoffentlich bekomme ich noch einen Sitzplatz in der Nähe der bereits reservierten.«

»Was machen wir mit Don Carlos? Wollen wir wieder Cara fragen, ob sie sich um ihn kümmert?«

»Ja, Cara macht das bestimmt. Ich denke, wir sollten sie aber auch noch einmal zum Essen einladen. Wollen wir heute Abend zum Spanier? Vermutlich wird Cassius ein wenig überrascht sein, wie gut man in Köln spanisch essen gehen kann.«

Ich sah zu dem Jungen herüber und bemerkte, dass er kurz tief einatmete, als ich erwähnte, dass wir uns mit Cara treffen wollten. Beinahe tat es mir schon ein wenig leid. Jedoch, ich konnte nicht wirklich viele Gedanken daran verschwenden. Schließlich wusste ich nicht, wie lange wir überhaupt weg sein würden. Und auf Cara war immer hundertprozentig Verlass.

»Keine Angst, Cassius, wir werden dich heute nicht mit ihr alleine losziehen lassen.«

Ich zwinkerte ihm noch freundschaftlich zu und versuchte, ihn durch ein Lächeln aufzumuntern, als ich ergänzte:

»Wir könnten das auch keineswegs zulassen. Der Zug fährt immerhin halbwegs früh. Ich glaube, deine Mutter wäre nicht sonderlich glücklich darüber, wenn wir ohne dich in Paris ankämen. Was meinst du?«

Marcus hatte uns gerade noch den letzten freien Tisch bei unserem Lieblingsspanier sichern können. Es war ein ganz kleines Lokal versteckt in einem Innenhof der Altstadt. Entweder erreichte man diesen über die Salzgasse, vom Heumarkt aus kommend, oder wenn man aus Richtung Alter Markt kam, über die Lintgasse.

Etliche Jahre zuvor hatte ich das winzig anmutende Restaurant kennengelernt. Damals war es noch ein richtiger Geheimtipp gewesen. Schon zu jener Zeit war ich immer darüber überrascht gewesen, wie viele Gäste letztlich doch in den sehr schlicht gestalteten Räumlichkeiten Platz fanden. Da die Qualität über die Jahre hinweg gleich blieb und die Preise lediglich moderat angezogen waren, entwickelte der Laden sich inzwischen zum echten Renner. Besonders wenn man Tapas mochte, war man hier stets gut aufgehoben, was sich nun einmal im Laufe der Zeit herumgesprochen hatte.

Nachdem wir bestellt hatten, sprachen wir ziemlich aufgeregt darüber, wie es wohl werden würde am folgenden Tag in Paris. Cassius meinte:

»Ich kann mir überhaupt nicht vorstellen, wie meine Großeltern reagieren werden, wenn wir sie mit dem konfrontieren, was wir bereits wissen. Glaubst du«, fragte er an mich gewandt, »dass sie uns die Wahrheit sagen werden? Vielleicht weigern sie sich einfach und schweigen weiterhin, wie sie es bisher getan haben. Dann würden wir nie erfahren, was damals wirklich vorgefallen ist.«

Zu meiner Überraschung war es Cara, die hierauf antwortete:

»Nein, Cassius, das kann ich mir beim besten Willen nicht vorstellen. Ich glaube auf gar keinen Fall, dass sie jetzt noch immer nicht zu der Wahrheit stehen werden. Schließlich kennt ihr die wesentlichen Fakten, und es macht überhaupt keinen Sinn mehr, etwas zu verbergen.«

Wir hatten Cara zuvor kurz in den aktuellen Stand unserer Kenntnisse eingeweiht. Es hatte sie offensichtlich betroffen gemacht, dass man Philippe damals einfach aus dem Krankenhaus entführt hatte. Sie machte sich auch Sorgen um meine Eltern. Sie hatte mich sofort gefragt, wie sie denn damit umgehen würden, da sie nun einerseits erfahren hatten, was aus ihrem zweiten Kind geworden war, zugleich aber wussten, dass dieses nun nicht mehr lebte. Sie schien kurz zu überlegen und wandte sich dann weiter an Cassius:

»Weißt du, auch wenn jetzt feststeht, dass sie damals in irgendeiner Weise an einem Verbrechen beteiligt gewesen sind, denke ich nicht, dass sie Unmenschen sind. Du hast mir beim letzten Mal selbst gesagt, wie gut du dich immer mit ihnen verstanden hast. Wie sehr du es gemocht hast, wenn du sie besuchen durftest oder sie bei euch zu Hause in Barcelona gewesen sind. Du glaubst doch nicht etwa, dass sie dir die ganze Zeit etwas vorgemacht haben, oder? Kannst du dir vorstellen, dass sie dich nie richtig geliebt haben?«

Cara machte eine kurze Pause. Sie nahm einen Schluck von dem Rotwein, den ich inzwischen eingeschenkt hatte, und sah Cassius geradezu liebevoll an.

»Nein, mein Junge. Sie werden dir das ganz sicher nicht antun. Sie werden dir nicht die Wahrheit um deinen Vater verweigern.«

< 18 >

Trotz der großen Menschenmenge am Bahnsteig konnte ich Silvia und ihre Tochter sofort ausmachen. Aemilia hatte uns zuerst bemerkt und winkte uns bereits zu, als sie ihrer Mutter die Position deutete, aus der wir uns näherten. Cassius stürmte längst vor und umarmte die beiden, als wäre er monatelang weggewesen. Dank des nur leichten Gepäcks gelang es Marcus und mir, schnell aufzuschließen – und schon begannen regelrecht mediterrane Begrüßungszeremonien, bei denen ich Marcus, Silvia und Aemilia einander vorstellte. Hierbei überraschte mich Marcus, als er Silvia zuvorkam und dann auch noch in bestem Französisch von sich gab:

»David hat schon so viel von dir erzählt, dass ich beinahe das Gefühl habe, dich bereits zu kennen. Es freut mich, dass wir uns endlich einmal persönlich begegnen.«

Silvia war begeistert, strahlte Marcus an und meinte:

»Ich wusste nicht, dass du so gut Französisch sprichst. Da hat David regelrecht untertrieben. Jetzt bin ich erst recht gespannt, wie gut du das Klavier beherrschst. Wenn er da auch noch tiefgestapelt haben sollte ...«

Sie musterte Marcus eingehend von Kopf bis Fuß und fügte hinzu, wobei sie einen beinahe amüsierten Eindruck erweckte:

»Ich würde dich wirklich sehr gerne einmal Albéniz spielen hören.«

Aemilia übersprang jegliches Geplauder und warf direkt an mich gewandt ein, wie es oftmals so ihre Art war:

»Willkommen in der Familie, Onkel David!«

Über ihre Direktheit beinahe erschrocken, blickten wir alle wortlos zu ihr hin, was sie jedoch nicht im Geringsten zu beeindrucken schien. Sie fuhr im gleichen, regelrecht scharfen Tonfall einfach fort:

»Wie wollen wir es anpacken? Gehen wir alle auf einmal zu ihnen hin, und überfallen wir sie mit dem, was wir bereits wissen? Was ist, wenn sie sich weigern, mit der Wahrheit herauszurücken? Wie wollen wir sie dann dazu zwingen?«

Als daraufhin plötzlich alle auf einmal sprachen, wobei es schien, dass keiner eine wirkliche Vorstellung davon hatte, wie es jetzt weitergehen sollte, dachte ich an mein zuletzt mit Silvia geführtes Telefonat zurück. Wäre es legitim, dem inzwischen betagten Paar anzudrohen, die Familie der Roannes einzubeziehen und eine Veröffentlichung des ungeheuren Falls vorzunehmen, wenn sie sich weigern sollten, zu erklären, was sich seinerzeit zugetragen hatte? Würde eine Erklärung uns denn überhaupt genügen? Wie könnte eine Wiedergutmachung stattfinden? Was wäre eine angemessene Sühne? Welche Art von Bestrafung könnte in Erwägung gezogen werden?

Ich war froh, als es schließlich Marcus gelang, das Durcheinander zu durchbrechen und alle dazu zu überreden, bei einer geordneten Denkrunde Einzelheiten festzuhalten und abzuwägen. Es müsste ein richtiger Plan bestimmt werden, der die weitere Vorgehensweise regeln sollte.

Einschließlich Aemilia waren alle mit dem Vorschlag

einverstanden, woraufhin wir uns zunächst einmal zum Hotel aufmachten.

»Madame Roanne, Monsieur Roanne, Sie sehen hier Ihre Familie bei mir und meinen Freund David, den Sie inzwischen kennengelernt haben. Sicherlich können Sie sich bereits denken, warum wir hier sind. Nicht wahr?«

Wir hatten Marcus zu unserem Wortführer gewählt, um eine so weit wie möglich unaufgeregte Stimmung zu erzielen. Erneut war ich von Marcus' lupenreinem Französisch überrascht. An seiner Souveränität als Mediator hatte ich ohnehin nicht gezweifelt. Ich war wirklich sehr froh, dass er mitgekommen war.

»Ihre Familie und David haben mich darum gebeten, für sie zunächst das Wort zu führen. Dies in der Hoffnung, dass ich als halbwegs neutraler Beteiligter versuchen kann, zwischen Ihnen zu vermitteln.«

Die Eltern von Philippe bewohnten mehrere Etagen eines großen Eckhauses im 16. Arrondissement. Früher hatte das Gebäude auch Büros des Pharmaunternehmens beherbergt, welches den Roannes gehörte. Diese waren inzwischen in einem modernen Bürokomplex außerhalb der Stadt untergebracht. Wesentliche Teile des für das ältere Paar mittlerweile viel zu großen Hauses waren nun als Büros und Wohnungen vermietet. Im Erdgeschoss befanden sich noch ein Restaurant und verschiedene Läden.

Jetzt standen wir uns in einem Salon gegenüber, in den uns Danielle, eine Angehörige des Hauspersonals, geleitet hatte, die ich bereits bei meinem seinerzeitigen

Besuch mit Silvia hier kennengelernt hatte. Als diese uns vorher die Tür geöffnet hatte, erkannte ich zwar einerseits, dass sie offensichtlich darüber erschrak, dass es wohl etwas Ernstes sein müsse, da wir alle auf einmal und das auch noch völlig unangemeldet auftauchten. Andererseits konnte ich auch deutlich erkennen, dass sie nicht wusste, warum wir hier waren. Ihre Neugierde, mit der sie gewiss ihre Ahnungslosigkeit befriedigen wollte, vermochte sie in keiner Weise zu verbergen. Marie und Bernard Roanne hingegen ließen nicht den kleinsten Zweifel daran übrig, auch wenn deutlich Angst von ihnen auszugehen schien, dass sie genau wussten, warum wir hier waren.

Marcus wandte sich weiter an die beiden:

»Sind Sie damit einverstanden, dass zunächst ich für die anderen hier Beteiligten spreche? Wenn Ihrerseits keine Einwände diesbezüglich bestehen, würde ich Sie gerne noch bitten, dass wir ins Englische wechseln. Es würde mir leichter fallen. Insbesondere aber beherrscht David das Französische nicht so sehr.«

Es entstand eine kleine Pause. Marie und Bernard wirkten weiter ängstlich. Danielle hatte inzwischen den Raum verlassen, wobei ich mir jedoch sicher war, nur so weit, dass sie sich noch in Hörweite befand.

Marie sah ihren Mann an mit einem Blick, der Resignation und zugleich den Wunsch auszudrücken schien, die Angelegenheit hinter sich zu bringen. Bernard reagierte denn auch entsprechend, räusperte sich zunächst und sprach dann, direkt in bestem Englisch, wenngleich mit typisch französischem Akzent:

»Mit der Sprache sind wir einverstanden, ebenso mit Ihnen als Wortführer.«

Während sein Blick dann zunächst zu seinen Enkeln wanderte und auch zu Silvia glitt, wobei er vergebens versuchte, ein Lächeln von sich zu geben, ergänzte er noch:

»Vermutlich ist es eine gute Idee, dass wir nicht sofort unmittelbar miteinander reden. Wahrscheinlich würde das ein heilloses Durcheinander ergeben, bei dem kaum gehört würde, was einer zu sagen hat.«

Dann blieben seine Augen endlich auf mir ruhen, und er seufzte tief und erklärte schließlich:

»Es tut mir und meiner Frau unendlich leid. Seitdem wir David kennengelernt haben, ja, bereits seitdem wir überhaupt von seiner Existenz erfahren haben, haben wir jeden Tag damit gerechnet, dass wir auf diese unangenehme Weise mit unserer unrühmlichen Vergangenheit konfrontiert werden.«

Ohne Worte bat er uns, Platz zu nehmen. Er selbst zog seine Frau zu sich, geleitete diese zu einem einzelnen Sessel, bei dem er sich auf die Lehne setzte. Mir, Silvia und den Kindern empfahl er ein großes Sofa, das jedoch nicht ganz ausreichte, sodass Cassius ebenfalls auf einer der Lehnen Platz nahm. Marcus, unserem Wortführer, deutete er einen Sessel an, der dem anderen, auf dem seine Frau und er sich niedergelassen hatten, unmittelbar gegenüberstand.

Er sah uns nacheinander noch einmal alle an, wie um sich zu vergewissern, dass wir mit seiner Sitzordnung einverstanden waren. Dann, mit einem scheinbar sich selbst zustimmenden, kurzen Nicken richtete er sich direkt an Marcus:

»Wir wollen gerne, im Rahmen unserer Möglichkeiten, dazu beitragen, Licht in das Dunkle der Vergangenheit zu tragen. Aber bitte verraten Sie uns zunächst, warum David nicht schon früher an uns herangetreten ist. Seine Familie muss doch erkannt haben, um wen es sich bei Philippe gehandelt hat.«

Hierauf erwiderte Marcus:

»Nun, vermutlich würden wir selbst heute noch nicht hier sitzen, wenn es nicht Ihr Enkel gewesen wäre, der den Stein ins Rollen gebracht hätte. Davids Eltern waren ihm gegenüber ebenso verschwiegen, wie Sie es Ihrer Familie gegenüber waren.«

Marcus beschrieb daraufhin in einer kurzen Zusammenfassung, was bisher geschehen war und wie wir alle Gewissheit erlangt hatten, dass es sich bei Philippe um meinen Zwillingsbruder gehandelt haben musste. Schließlich stellte er die entscheidende Frage:

»Wir können uns natürlich vorstellen, warum Sie ein Kind adoptieren wollten. Was für uns hingegen nicht nachvollziehbar ist, warum Sie Philippe haben entführen lassen. Sie haben es doch nicht selbst getan, oder?«

Bernard blickte, geradezu Hilfe suchend, zu seiner Frau, die ihm wiederum Mut spendend zunickte. Schließlich seufzte er und begann:

»Wissen Sie, ganz so einfach ist es nicht.«

Er richtete sich nun an uns alle und fuhr fort:

»Ich weiß, dass das sicherlich schwerfällt, aber ihr müsst uns in dieser einen Sache wirklich glauben. Erst als wir von Davids Existenz erfahren haben, und davon, dass er gar nicht wusste, dass es Philippe gegeben hatte, ist uns klar geworden, dass ein wirkliches Verbrechen damit verbunden sein könnte, wie wir Philippe bekommen haben.«

Jetzt wandte er sich wieder an Marcus:

»Sie sprachen gerade von einer Entführung. Dem hätten wir niemals zugestimmt. Uns wurde immer versichert, dass die Adoption im Einverständnis mit der Mutter erfolgte. Auch von einem Zwillingsbruder hatte man uns nichts gesagt. Wir wären niemals darauf eingegangen, wenn wir davon gewusst hätten.«

Schließlich erzählte uns Bernard die ganze Geschichte, so wie er und seine Frau sie kannten.

Bereits kurze Zeit, nachdem Marie und Bernard Roanne sich kennengelernt hatten, mussten sie mit der Gewissheit leben, dass Marie niemals Kinder bekommen könnte. Sie waren sich jedoch sicher, füreinander bestimmt zu sein, sodass diese Tatsache kein Hindernis für ihre Beziehung zueinander darstellte. Trotz der zu erwartenden Widerstände seitens der Familie von Bernard heirateten sie. Sie verschwiegen zunächst einfach ihre gewonnene Erkenntnis gegenüber allen.

Als beide sich längst mit der Tatsache abgefunden hatten und Bekannte und Verwandte stets damit ablenkten, sich noch zu jung zu fühlen, um ein Kind zu haben, lernte Bernard zufällig auf einem Seminar in Straßburg einen charismatischen Pharmareferenten kennen.

Diesem ihm bislang unbekannten Mann gesetzten Alters vertraute er sich in einer Nacht an der Hotelbar an. Er klagte dem nur allzu einfühlsamen Mann sein Leid, das mehr noch von dem Druck der Familie auf ihn geprägt wurde als von der Tatsache der Unfruchtbarkeit von Marie. Nachdem der ältere Herr Bernard verständnisvoll zugehört hatte, eröffnete er ihm, dass er einen Arzt in Paris kenne, der ganz besondere Adoptionen organisiere. Es sei diesem möglich, Eltern Kinder zu vermitteln, ohne dass jemand jemals mitbekäme, dass es sich nicht um deren leibliche handele.

Obwohl Bernard hiervon zunächst nichts wissen wollte, hatte der ältere, scheinbar vertrauenswürdige Mann dennoch sein Interesse geweckt. Nach Hause zurückgekehrt, erzählte er Marie von der seltsamen Begegnung. Diese jedoch konnte sich anfangs ebenso wenig mit der Vorstellung anfreunden. Nach einiger Zeit aber, spätestens als die beiden erkannten, dass sie durch ihre Kinderlosigkeit zeitlebens als makelbehaftet angesehen würden, gaben sie dem Gedanken doch noch eine Chance. Sie trafen sich zunächst mit dem Pharmareferenten, dann schließlich mit dem erwähnten Arzt, dem es möglich sein sollte, eine derartige Vermittlung zu arrangieren. Es wurde ihnen versichert, dass ein geeignetes Kind mit großer Sorgfalt für sie ausgesucht werde. Es solle möglichst auch äußerlich zu den neuen Eltern passen. Zudem natürlich gesund und ohne Erbkrankheiten. Es würde ein möglichst junger Säugling sein. Außerdem gewährleiste man, dass es den leiblichen Eltern unmöglich sei, das Kind zu irgendeinem

Zeitpunkt auszumachen. Alles laufe völlig anonym. Eine Versicherung aber solle es dahingebend geben, dass das Kind nur von einer Mutter stamme, die bereits mindestens ein Kind habe und natürlich, dass sie es aus gänzlich freien Stücken zur Adoption freigebe. Das Einzige, was man nicht sicherstellen könne, sei, ob ein Mädchen oder ein Junge Einzug in die Familie halten werde.

Es klang alles nur zu schön, wenngleich das Ganze sich im Preis niederschlagen sollte. Um die vermeintliche Schwangerschaft glaubhaft darstellen zu können, würde der Arzt diese persönlich begleiten und schließlich eine Hausgeburt bezeugen, sodass problemlos alle Eintragungen bei den Ämtern vorgenommen werden könnten. Damit die gar nicht wirklich werdende Mutter nicht allzu lange die Schwangerschaft vortäuschen müsste, sollte ein ausgedehnter Kuraufenthalt etwas Freiraum verschaffen. Bei allem wäre der Arzt behilflich. Die Schwangerschaft überhaupt erst spät zu erwähnen, könnte man schließlich damit begründen, dass man Angst gehabt hätte, dass es zu Komplikationen kommen könnte. So wäre das schon häufiger praktiziert worden. Alles wäre bereits bestens erprobt.

Obwohl nie darüber gesprochen wurde, gingen sowohl Bernard wie Marie instinktiv davon aus, dass die Kontakte zu den Leiheltern durch den Mann angebahnt wurden, den Bernard bei dem Seminar in Straßburg kennengelernt hatte.

»Wissen Sie«, sagte Bernard, direkt an Marcus gewandt,

»als wir von Davids Existenz erfahren haben, war das Erste, was wir taten, einen Privatdetektiv mit dem Fall zu betrauen. Der Pharmareferent und auch der Arzt sind bereits verstorben. Auch haben beide scheinbar niemanden hinterlassen, der mit erkenntnisbringenden Details aufzuwarten vermochte. Eine interessante Spur konnte er aber in Deutschland auftun.«

Bernard unterbrach sich. Er blickte jedem von uns kurz in die Augen, wie um sich zu vergewissern, dass wir ihm nicht nur zuhörten, sondern ihm auch abnahmen, was er zu sagen hatte. Schließlich fuhr er fort.

»Nachdem wir Davids Namen und Herkunft kannten, war es ein Leichtes, dessen Geburtskrankenhaus auszumachen. Wie ihr es jedoch vermutlich bereits alle wisst, existiert dieses heute nicht mehr, sodass es sich wesentlich schwieriger gestaltete, Personal ausfindig zu machen, das dort zu jener Zeit gearbeitet hatte.«

Nach einer erneuten kurzen Unterbrechung, die Bernard aber scheinbar lediglich dazu diente, sich zu sammeln und die eigene Selbstbestimmtheit zu festigen, ging es weiter.

»Dieser Detektiv, den wir beauftragt haben, ist bereits sehr lange immer wieder für uns tätig. Er ist wirklich äußerst gründlich und hartnäckig, und so hat er tatsächlich auch in unserem Fall einen ersten Anhaltspunkt ausfindig machen können. Es gab eine damals junge Krankenschwester, die nicht nur in diesem Krankenhaus gearbeitet hat, sondern später auch an anderen Hospitälern, bei denen ebenfalls Neugeborene in ungeklärter Weise verschwunden waren. Das konnte kaum ein

Zufall sein. Da zwischen den Vorfällen aber immer mehrere Jahre lagen, war das scheinbar bisher niemals jemandem aufgefallen.«

Ein Raunen ging durch unsere Runde. Ich musste sofort daran denken, dass auch meine Eltern einen Privatdetektiv beauftragt hatten. Weder diesem noch der Polizei war es gelungen, etwas herauszufinden. Alles musste wirklich hundertprozentig durchdacht worden sein, wenn sogar jemand im Krankenhaus an der Entführung beteiligt gewesen sein sollte.

»Und nun das Beste, diese Frau lebt noch. Mit den richtigen Mitteln, wobei sie eher bestechlich war als einschüchterbar, konnten wir so an einige Details gelangen, von denen wir zuvor keine Ahnung hatten.«

Bernard schilderte nun, dass diese beteiligte Krankenschwester lediglich notwendige Informationen lieferte, wie beispielsweise medizinische Angaben zu den Eltern und dem voraussichtlichen Geburtszeitpunkt. An den eigentlichen Entführungen, so gab sie zumindest an, sei sie jedoch nie beteiligt gewesen. Leider aber ließen sich so nicht alle Wissenslücken schließen. Es müsse bereits im Vorfeld eine Auswahl der Eltern, respektive ihrer zu entführenden Babys gegeben haben. Man habe ihr schließlich vorgegeben, auf welche Geburten sie zu achten habe. Es könnten Hebammen oder die Schwangerschaft begleitende Ärzte gewesen sein, welche die Vorinformationen geliefert hätten. Wahrscheinlich bestand die ganze Organisation aus einander unbekannten Einzelinformanten, die zuvor geschickt ausgewählt worden waren. So war es unmöglich, selbst wenn eine

Quelle aufflog, alle Beteiligten auszumachen. Dass dann die Kinder auch noch nach Frankreich gebracht wurden, trug gewiss dazu bei, dass dieses traurige und unbarmherzige Geschäft über einen langen Zeitraum aufrechterhalten werden konnte.

< 19 >

»Ich werde mich um Aussöhnung bemühen«, sagte ich.

Wir trafen wieder als Erwachsene zusammen, erneut in Paris. Dieses Mal spazierten wir auf dem Champ de Mars stets dem Eiffelturm zugewandt.

Philippe und Joshua lächelten zufrieden und nickten mir zustimmend zu. Es schien mir, als hätte ich nun meine Bestimmung innerhalb dieser Geschichte gefunden; als hätten meine Träume gleichermaßen dazu geführt wie die Ereignisse, seitdem ich Silvia kennengelernt und so von Philippes Existenz erfahren hatte.

Joshua ergriff als Nächster das Wort:

»Siehst du, David, nun ergibt alles doch noch einen Sinn. Mich freut natürlich, dass du dich auch meiner Familie annehmen willst. Ich bin nicht traurig darüber, dass ich nicht mehr bin. Es quält mich lediglich, dass ich den Meinen derartige Trauer und Schmerzen hinterlassen muss. Weißt du, ich hatte ein sehr schönes Leben, wunderbare Freunde, wie eben dich, und die beste Familie, die man sich nur wünschen kann. Ich kann mich kaum an Momente erinnern, in denen ich wirklich unglücklich gewesen bin. Es gibt also gar keinen Grund, trübsinnig zu sein.«

Joshua sah mich liebevoll an, und tatsächlich sah er keineswegs bekümmert aus, sondern vermittelte einen ausgeglichenen und erfüllten Eindruck. Bevor ich jedoch etwas erwidern konnte, wandte er sich noch einmal an mich:

»Danke, David! Danke, dass du früher mein bester

Freund gewesen bist. Danke auch dafür, dass du das nicht vergessen hast. Und danke, dass du auch heute noch, wo es mich nicht mehr gibt, für mich da bist. Freundschaft über das Leben hinaus. Was kann ich mir mehr wünschen?«

Erneut wollte ich etwas erwidern, doch nun war es Philippe, der mich davon abhielt. Während er mich zart am Arm packte, wie um mich festzuhalten, schien es mir, als verblasste Joshua ganz langsam.

Ich konnte nichts sagen, lediglich gelang es mir, meinen Freund anzulächeln, wobei ich hoffte, dass es mir gelungen war, ihm Zuversicht dahingehend zu vermitteln, dass ich mich tatsächlich seiner Familie annehmen würde. War es so, dass er durch mich die Möglichkeit erhielt, am Leben der Seinen in irgendeiner Weise teilhaben zu können? Schließlich gelangen mir doch noch ein paar Worte:

»Ich danke dir, Joshua. Und ich verspreche dir, dieses Mal für dich da zu sein.«

Mit einem breiten Lächeln verblasste er schließlich ganz.

Ich fand kaum Gelegenheit, mich zu wundern, als bereits Philippe sich an mich wandte:

»Nun, ich möchte dir ganz ähnlich danken. Zwar kennen wir uns noch nicht sehr lange. Jedoch letztlich gehören wir schon unser ganzes Leben zueinander.«

Philippe unterbrach sich, überlegte kurz und richtete sich mit einem leicht wehmütigen Lächeln erneut an mich:

»Was sage ich denn da? So ist es natürlich nicht

richtig. Ich hätte wohl von der Dauer deines Lebens reden müssen. Diese ist es letztlich, welche die Dauer unserer Zusammengehörigkeit bestimmt.«

Erneut erfolgte eine kurze, nachdenkliche Pause.

»Weißt du, David, das Lügen an sich nehme ich meinen Eltern kaum übel. Ich weiß, und da bin ich mir vollkommen sicher, dass sie in bester Absicht gehandelt haben. Aber dass ich dich und unsere Eltern nie kennenlernen durfte, ist etwas, das sie niemals wiedergutmachen können. Ich stelle mir immer wieder vor, wie es gewesen sein könnte, wenn ich mit dir und ihnen aufgewachsen wäre. Gewiss, wir hätten einander gehabt, und das wäre bestimmt etwas Großartiges geworden. Dann aber hätte ich nicht mein Leben mit Silvia verbringen können. Schließlich kannte ich sie, kaum, dass ich zu denken vermochte. Sie war mir stets alles in einem: Schwester, Freundin, Frau. Sie war zu jeder Zeit der Mittelpunkt meines Lebens. Sie hat mich mit wunderbaren Kindern beschenkt und so zum glücklichsten Vater gemacht.«

Wieder unterbrach er sich. Es schien, als wollte er in meinem Gesicht lesen, wie ich darüber dachte.

»Wäre ich glücklicher gewesen, wenn ich darauf hätte verzichten müssen? Nein, das kann ich mir beim besten Willen nicht vorstellen.«

Scheinbar hatte er meine Zustimmung erkannt. Sein Lächeln wurde wärmer. Wie zur Bestätigung nickte er mir kurz zu und setzte erneut an:

»Dass Cassius und Aemilia nun ein weiteres Großelternpaar besitzen und dann auch noch dich, stellt vermutlich sogar eine Bereicherung für ihr Leben dar. Dass Silvia mit dem Verlust von mir wird leben müssen, betrübt mich sehr. Aber das kann man wirklich keineswegs meinen Eltern anlasten. Wie gern wäre ich für Silvia weiter da. Ich hoffe, dass sie einen Weg finden wird, die Trauer gänzlich zu bewältigen, um ein mit Glück und Zufriedenheit erfülltes Leben führen zu können. Glücklicherweise war es mir zumindest vergönnt, den Kindern Vater sein, als es am wichtigsten war.«

Während Philippe so zu mir sprach, bemerkte ich, dass auch seine Gestalt langsam an Intensität verlor. Wie zuvor Joshua drohte auch er allmählich zu verblassen. Ich wähnte mich bereits allein zurückgelassen. Ohne die Gelegenheit gehabt zu haben, mich ihm anzuvertrauen. Ich wollte ihm doch sagen, dass ich durch den Zugewinn seiner Familie großes Glück empfand. Ich wollte ihm sagen, wie sehr ich ihn mochte, wie leid es mir tat, dass wir nie lebend zueinandergefunden hatten, wie gerne ich meine Kindheit mit ihm durchlebt hätte. Ich wollte ihn wissen lassen, dass er sich auf mich verlassen könne, dass ich es mir zur Aufgabe machen würde, Frieden innerhalb und unter unseren Familien zu stiften. Er sollte sich dessen sicher sein können, dass ich versuchen würde, den Schmerz seiner Frau zu lindern, indem ich ihr ein bestmöglicher Freund sein wollte. Seinen Kindern, wollte ich ihm versprechen, der Onkel zu sein, auf den sie sich zeitlebens verlassen könnten. Ach, es gab doch noch so viel, was ich ihm zu sagen hatte.

Als wüsste er dies bereits alles, und ganz sicher, um mir die Angst vor dem Zurückbleiben zu nehmen, schüttelte er sanft lächelnd ganz leicht den Kopf und sagte:

»Nein, nein, David, du musst keine Angst haben. Ab jetzt wird alles gut werden. Glaube mir, David, ich weiß es ganz bestimmt.«

< 20 >

Als ich aufwachte, war ich mir unsicherer denn je, ob mein Traum eine Verarbeitung des Erlebten gewesen war oder tatsächlich eine Begegnung mit den bereits Dahingegangenen. Das beunruhigte mich jedoch nicht. Da ich mich ansonsten gänzlich wohlfühlte, schob ich die diesbezügliche Frage mühelos zur Seite und genoss einfach diesen Augenblick der so angenehm uneingeschränkten Zufriedenheit. Etwa ein Jahr war vergangen, seit ich von der Existenz von Philippe erfahren hatte. Jetzt war ich um einen, wenn auch bereits verstorbenen, Zwillingsbruder und eine Familie reicher. Ich besaß auf einmal eine Nichte und einen Neffen. Eine neue Freundin, wie man sie sich nur wünschen konnte, war mir nun sogar anverwandt. Ich stand in Kontakt mit den Hinterbliebenen meines ehemals besten Freundes. Geheimnisse wurden gelüftet, welche mein bisheriges Leben derart beeinflusst hatten, dass es mir beinahe schien, ein neues begonnen zu haben. Wie oft war es einem vergönnt, einmal den Anfang eines neuen Lebensabschnitts so bewusst wahrnehmen zu können? Ich liebte die damit verbundene Herausforderung augenblicklich. Ich malte mir aus, dass es den anderen Beteiligten vermutlich nicht ganz so erging. Ich wusste, dass Aemilia, Cassius und auch Silvia große Schwierigkeiten damit hatten, zeitlebens von ihren Großeltern respektive Schwiegereltern angelogen worden zu sein. Auch sah ich die Gewissensbisse meiner Eltern mir gegenüber; genauso ihr Unglücklichsein darüber, dass es ihnen nicht vergönnt gewesen war, ihren zweiten Sohn erlebt haben zu können. Selbst die Schuldgefühle von Marie und Bernard traten mir ins Bewusstsein; ihr Unglück, nun als die Geächteten gelten zu müssen, da scheinbar alle Schuld bei ihnen lag. Lediglich, so dachte ich, war ich mit mir und allen Gegebenheiten im Reinen. War das so, weil in mir das Gefühl herrschte, dass Philippe dieselbe Zufriedenheit besaß, sofern es tatsächlich Visionen waren, die ich erlebt hatte, respektive diese Zufriedenheit besitzen würde, wie ich es mir andernfalls ausgemalt hatte? Wie auch immer, ich wollte unbedingt die anderen an diesem Glück teilhaben lassen. Ich war fest entschlossen, mich nach besten Kräften um die in meinem Traum besagte Aussöhnung zu bemühen.

Wir trafen uns noch zum gemeinsamen Frühstück, bevor wir gegen Mittag Abschied voneinander nahmen. Nicht bei Marie und Bernard, und auch ohne diese einzuladen. Cassius würde später mit Silvia und Aemilia nach Barcelona zurückkehren. Sie hatten einen Flug für den Abend buchen können. Marcus und ich hatten Plätze in einem Zug am frühen Nachmittag reserviert.

Kaum dass wir zusammensaßen und mit dem ersten Kaffee versorgt waren, machte ich bereits einen anfänglichen Schritt in Richtung meines anstehenden Aussöhnungsprojekts. Erstmalig, wenn auch nur ansatzweise und ganz vage, erwähnte ich dabei auch meine Träume.

»Wisst ihr«, sagte ich, »diese Nacht hatte ich im Traum beinahe das Gefühl, als wäre Philippe bei mir gewesen.«

Um nicht weiter auf das Träumen an sich einzugehen und dabei vielleicht ungewollt zu verraten, dass es nicht der erste Traum seiner Art gewesen war, fuhr ich direkt weiter fort:

»Es schien mir so, dass er es so sehen würde, als wäre durch die Aufklärung unserer Geschichte alles Wesentliche, wie soll ich sagen, irgendwie erledigt, ja, abgeschlossen.«

Ich machte eine kleine Pause, wobei ich jeden Einzelnen tiefgründig ansah, wie man es gerne tat, um dem Gesagten mehr Gewicht zu verleihen. Dann kam ich zum Wesentlichen.

»Auch wenn das lediglich ein Traum war und wohl eher meine eigenen Wünsche widerspiegelt, ich denke, dass auch Philippe gewollt hätte, dass nun eine Zeit der Versöhnung beginnt. So wie ich es mir nicht vorstellen könnte, den Rest meines Lebens in Unfrieden mit meinen Eltern zu leben, glaube ich auch nicht, dass es richtig wäre, wenn ihr das so mit Marie und Bernard handhaben würdet. Klar, der wesentliche Teil der Schuld, die es hier zu tragen gilt, liegt bei ihnen. Ich denke jedoch auch, dass es den beiden inzwischen bewusst ist und dass sie bereit sind, diese Bürde auf sich zu nehmen. Zugleich denke ich, dass man ihnen zugutehalten muss, dass sie Philippe gegenüber stets bestmögliche Eltern gewesen sind, wenn man einmal davon absieht, dass sie ihm die Wahrheit vorenthalten haben. Wenn es vielleicht auch so erscheinen mag, als hätten sie anfangs ein Kind insbesondere deswegen haben wollen, um sich ihren Platz innerhalb von Familie und Gesellschaft zu sichern, besteht doch gewiss kein Zweifel daran, dass sie Philippe geliebt haben, wie man ein Kind nur lieben kann.«

Ich befürchtete hier Einwände, doch sogar Aemilia stimmte dem nur mit einem Nicken zu. Silvia wiederum unterbrach mich bestärkend:

»In diesem Punkt muss ich dir beipflichten. Auch mich haben sie jederzeit geliebt wie eine eigene Tochter.«

An die Kinder gewandt fuhr sie offensichtlich aufgewühlt fort:

»Hier hat David völlig recht. Tiefe Zuneigung und aufrichtiges Wohlwollen haben stets ihre Beziehung zu uns bestimmt. Ihr wisst, dass eure Großeltern euch geradezu vergöttern.«

»Und eure neuen Großeltern werden das ebenfalls tun«, ergänzte ich.

Ich blickte abschließend noch einmal in die Runde und sah, dass ich auch weiterhin alle Aufmerksamkeit besaß.

»Lasst uns einen Neuanfang wagen! Philippe wird hieran zwar leider nicht mehr teilhaben können. Ich bin mir aber ganz sicher, dass es in seinem Interesse gewesen wäre, wenn wir uns bemühen würden, die Zukunft gemeinsam zu gestalten. Er würde es sich bestimmt wünschen, dass wir lernen, Zorn und Kummer zu überwältigen, dass wir alle ein glückliches Leben leben, geprägt von Freundschaft und Vertrauen zueinander. Bitte, lasst es uns zumindest versuchen!«

Endlich kamen wir zu Hause an. Don Carlos freute sich,

als wären wir Wochen weggewesen. In Paris, auf dem Weg zum Gare du Nord, fanden wir glücklicherweise noch die Gelegenheit, ein paar kleinere Einkäufe zu erledigen.

Den Rotwein hatten wir inzwischen geöffnet. Aus den Lebensmitteln bereiteten wir jetzt ein einfaches, aber schmackhaftes Abendessen zu. Wir hatten Cassoulet mitgebracht, dazu frisches Brot, verschiedene Käsesorten sowie eine Pâté de Campagne. Schließlich machten wir es uns mit allem im Wohnzimmer gemütlich. Don Carlos gesellte sich hinzu und schnurrte derart intensiv, dass es uns vorkam, als würde das ganze Sofa vibrieren. Marcus und ich stießen an, mit einer Geste, die nur eines zu sagen schien: geschafft! Im Fernsehen lief gerade die Sendung, der wir den inzwischen so sehr lieb gewonnenen Kater zu verdanken hatten.

Der Anfang der Geschichte

David begibt sich auf eine Reise nach Barcelona, wo er zufällig Silvia begegnet, deren Mann Philippe ein Jahr zuvor verstorben war. Philippe und David sind äußerlich Doppelgänger. David ist fasziniert von der Vorstellung des anderen Ichs und dessen früheren Leben. Silvia und ihre Familie hingegen wissen zunächst nicht, wie sie mit der Situation umgehen sollen, begeben sie sich doch fortlaufend durch ein Wechselbad an Emotionen. Dennoch können sie nicht davon ablassen, David immer wieder zu treffen.

ISBN 978-3-7323-1131-6

www.derandereich.de

Ein Wiedersehen in Paris

In Paris scheint die Aufklärung des Todes von Philippe in Gang zu geraten. Da Silvia von der Polizei dorthin gebeten wird, reist David ihr entgegen, um sie in diesem schwierigen Moment unterstützen zu können. Die erneute Konfrontation mit dem Verbrechen veranlasst Silvia, bewegend von der gemeinsamen Vergangenheit mit ihrem Mann zu berichten. Hierdurch erhält David einen tiefgründigen Einblick in Silvias Erinnerungen an Philippe.

ISBN 978-3-7345-1282-7

www.derandereich.de

Zeitfracht Medien GmbH
Ferdinand-Jühlke-Straße 7
99095 Erfurt, Deutschland
produktsicherheit@kolibri360.de